講談社文庫

エウレカの確率

経済学捜査と殺人の効用

石川智健

講談社

目次

エウレカの確率

経済学捜査と殺人の効用

プロローグ

統一性がない。

この国に来ると、いつも感じることだ。服装や、価値観の話ではなく、日本には指針となりうる〝芯〟というものがないように思えてならなかった。自我というものを意識しない状態を漫然と受け入れることに慣らされた国民性。明け透けにいってしまえば、目隠しをした人々が好き勝手にしているような印象を受ける。

だからといって、個性があるというわけでもない。

横一列が好きで、誰かが目立とうものなら、それこそ必死になって自分の場所か、それより下まで引きずり降ろそうという陰険さがある。

ただ、と王花琳は空を見上げた。

日本の四季は素晴らしい。中国にも四季はある。しかし、日本ほど繊細な季節の変化ではない。

地理的に恵まれている土地に、方向性を見失った国民が巣食っている。

日本という国が好きだからこそ、余計に粗が目についてしまう。

春の麗らかな空から視線を外した花琳は、隣を通り過ぎた男を見て、顔をしかめた。

野暮ったいスーツを着ている男は、ぼさぼさの頭をしていた。後頭部に寝癖がついている。背は高いものの、猫背で、せっかくの長身を台無しにしていた。

一見して愚鈍。しかし、姿勢と不釣合いに感じるほど、歩くスピードが速い。

花琳は自分の足の長さに自信があるし、歩幅も広い。どんな大男と並んで歩いても、基本は自分が前を行く。だから、追い抜かれたことが癪だった。

歩を進めるたびにぴょんぴょんと跳ねる寝癖を睨みつけつつ、いつもより少しだけ足を前に伸ばして後を追う。

やがて、猫背の男に並んだ。より速度を上げる。パンツスーツなので歩幅を制約されることはなかったが、ハイヒールが本来の動きを邪魔していた。

ようやく追い抜き、口元に笑みを浮かべる。

負けることが、なによりも嫌いだった。

「ジャスミンの香りですか」

不意に、背後から単調な声が聞こえてきたので、思わず振り返った。

鼻筋の通った、どちらかというと彫りの深い顔立ち。目にかかりそうなほどの前髪の奥にある目は、潤(うる)んでいるように見える。眠そうに半眼にしているのは、もともとそういった目つきなのだろうか。

花琳は、ジャスミンの香水を愛用していた。ジャン・パトゥ社のジョイ。香りが強いので、ほんの少ししかつけていなかった。

「ジャスミン茶、苦手なんですよね」

男はそう言い、足早に去っていく。

「な……」

言葉の意味が一瞬理解できなかった花琳は立ち止まる。その直後、怒りが沸々(ふつふつ)と湧き上がってきた。文句の一つでも言ってやろうと思ったが、すでに男の姿は小さくなっていた。追いかけようとしたが、横断歩道の信号が赤になって足止めを食う。

「次会ったら覚えてろ……」

花琳は、ぶつけようのない怒りに拳(こぶし)を握りしめた。

一章　経済学者とプロファイラーと

1

「なんで、このワシが待たなあかんねん……」

盛崎一臣は、教壇の右側に置かれた椅子に座り、貧乏揺すりをする。

今日は、十四時から大学での講演を依頼され、科学警察研究所の盛崎が講師として参加することになった。プロファイリングを専門にしている盛崎に、こういった依頼が舞い込むことは多い。個人的な依頼なら断っていたが、科警研の偉い人間と、ここの大学教授が同窓で、やむを得ず出席することになってしまった。

犯罪心理学コースのある珍しい大学だ。学生の関心度も高いので、〝日本でのプロファイリング実践例〟の話では、ついつい饒舌になってしまった。あいつがここに姿を現さなければ、気持ちよく講演を終えられるだろう。

「えーっと……もう少々お待ちください」

司会進行役の大学職員が、余裕のなくなった顔をしながらマイクに向かって言う。

講演会は終盤を迎え、最後の討論を残すのみとなっていた。

〝経済学とプロファイリング―講師　警視庁捜査一課　伏見真守（ふしみまもる）・科学警察研究所　盛崎一臣―〟

教室の前方にあるスクリーンに映る文字を見て、顔を歪（ゆが）める。

「……なんで、あいつと話をせなあかんねん」

苛立（いらだ）ちが募る。

伏見真守が警視庁に入ってから一年以上が経（た）った。経済学で事件を解決すると言い放った男。

馬鹿みたいな奴がやってきたと思った。

警視庁も暇だなと冷笑し、その存在を頭から追い出すことにした。しかし、捜査の間伏見は、何かにつけて突っかかってきて邪魔をするのだ。そして、事件を解決に導いた。

盛崎は歯を食いしばる。

経済学がなくとも、警察の捜査力とプロファイリングで犯人を見つけることができたはずだ。しかし、経済学の視点があったから事件を早期に解決することができ、犠牲者を増やさずに済んだのも事実だった。

経済学の有用性を完全に認めたわけではない。だが、実際に事件を解決したのを目の当たりにすると、その意思が揺らぐ。

教室内がざわつき始めている。

講師である伏見が遅刻しているのだ。

盛崎は腕時計に目をやった。十三分遅れていることになる。十五分になったら帰ろうと考えたとき、後方の扉がゆっくりと開き、猫背の男が現れた。

「あいつ……」

盛崎は、急いでいる素振りを見せずに平然としている伏見を見て、眉間に皺を寄せた。

「あ、伏見さん、こっちです！」

大学職員の男がマイク越しに慌てて声を出す。

目を瞬かせた伏見は、ぺこりと頭を下げてから、早い足取りで壇上に上がってきた。

「だ、大丈夫ですか……」

心配そうに大学職員の男が指さしながら訊ねる。伏見の左頬が赤かった。

伏見は頬に触れ、合点がいったように頷く。

「大丈夫です。机に突っ伏して寝ていただけですから」

淡々と言った伏見は手首を頬に当てる。よく見ると、右手につけた腕時計の痕もついていた。

「なんで寝てんねん！」

立ち上がった盛崎が吠える。

伏見は表情を一切崩さず、相変わらず眠そうな目をしていた。

「食堂でラーメンとケーキを食べて、それで満腹になった上、窓際に座っていたので陽の光が心地よくて、つい眠ってしまいました」

「原因ちゃうわ！　ワシは、どうして講師のあんたが遅れてきたのかを責めとるんや！」

「そういうことでしたか」伏見は納得するように頷く。

「その点については、申しわけないと思っています」

反省の色をまったく感じさせない表情に怒りを覚えるが、盛崎はすぐに肩を落として椅子に座った。こいつとやりあっても、暖簾に腕押しだ。

「で、では……」

大学職員の男は、引き攣った笑みを浮かべつつ、司会進行役の責務を全うしようと口を開き、簡単に伏見の経歴を紹介した。

アメリカの大学で学んでいた経済学者。主に行動経済学を研究しており、犯罪捜査に経済学の理論を当てはめ、事件を解決に導く手法で殺人事件の捜査に当たっていた。また、日本で伏見が関わり、解決した事件が二件あることを添えてから、伏見を誘導する。

眠そうな表情の伏見はマイクの前に立ち、軽く前髪に触れてから視線を教室内に向け、まるで虚空を見つめるような目つきになる。

「犯罪プロファイリングというものは、未知の真犯人の特徴がどういうものかを探るための仮説群を使用しているにすぎません」

マイク越しにもかかわらず、声が小さい。しかし、妙に聞き取りやすかった。

「簡単に言えば、膨大な犯罪データを収集し、それらを統計的に分析して、犯人を推定していますが、この段階ですでに『選択バイアス』にかかっています」

盛崎は腕を組んで、伏見の横顔を睨みつけた。

一度口を閉じた伏見は、ちらりと盛崎を見て、軽く会釈をした。盛崎にはそれが、宣戦布告のように感じられる。

「バイアスとは、偏りのことです。そして、選択バイアスというのは、選ばれたものと選ばれなかったものとの間に生じる誤差のことです。たしかに膨大な犯罪データから類推するという方法も有効です。ただし、殺人事件全体の七〇パーセントに限ります。残りの三〇パーセントの犯罪は、プロファイリングでは解決できず、経済学の理論を用いて解決することができます」

そう言った伏見は、手元にあるリモコンを操作する。すると、教室の前方にあるスクリーンに文字が映し出される。

「ここに書かれているように、プロファイリングは感情的で衝動的、そして無計画な殺人事件に有効です。それに対して、経済学の理論は、計画性のある合理的な殺人をおこなう犯人に有効です」

「御託はええ。実際にどういった犯罪に有効なんや」

盛崎は我慢できず、声を荒らげる。

「それは、これから説明します。事前にお伝えしておきますが、僕は別に、プロファイリングを貶そうと思っているわけではありません」伏見は平淡な表情で盛崎を見返した。

「ただ、それぞれに棲み分けがあり、協力することによって犯人を見逃さないようにしたいだけです」

「綺麗ごとやな」鼻を鳴らした盛崎は、蝿を追い払うように手を振る。

「学者さんの言う、経済学で事件を解決する例を示さんかい。聞いてる皆も、いまいち分からんやろ？」

　盛崎は受講生を指差した。

「分かりました」教室内に視線を戻した伏見は頷く。

「では、簡単な例があります。あなたが、第一志望の会社の最終選考を受ける日に、寝坊したとします。この会社の最終選考は、意思確認程度のもので、受ければ確実に内定が取れます。しかし、時間に遅れた場合は当然落とされてしまいます。あなたは、時間に遅れそうなので、親の車を借りて目的地に向かっていました。アクセルを踏みます。幸い、交通量は多くありません。ふと、あなたは、速度を大幅に超過していることに気づきます。今のスピードを出し続ければ選考に間に合い、晴れて第一志望の会社に入ることができると理解しています。経済学では人間を、効用が高い行動、つまり、よりよい状態になるために行動する生物と考えています。絶対に間に合うようにしたい。そのために、スピード違反をするというリスクを選好するのです」

そこまで言った伏見は、一度口を閉じる。周囲の反応を確認しているというより
も、話をすることに疲れた様子だった。

やがて、伏見は人差し指と中指を立てて、ピースサインを作る。

「運転しているあなたは、二つの選択に悩まされます。一つは、スピードを出し続けて、最終選考に間に合うようにする。もう一つは、スピード違反で逮捕されるのを避けて、制限速度内で走る。捕まれば、当然選考には間に合いません。あなたは、効用とリスクを天秤にかけます。どちらを取るかは、僕には分かりません」

「……分からんのかい」

盛崎は脱力して言った。伏見はこくりと頷く。

「ただ、ここで、あなたが運転のプロだとします。そして、白バイ隊員の目を上手く欺く手段を持っている。すると、あなたが逮捕される確率が極端に減るでしょう。結果、リスクが限りなく低くなる。さて、どうしますか」

伏見は、一度口を閉じて、十分に間を置いてから再び話し始める。

「スピード違反をする人がほとんどでしょう。科警研に所属する盛崎さんもスピード違反をする選択を取るかもしれません」

そのとおりかもしれないと盛崎は思ったが、決して顔には出さなかった。

伏見は、人差し指で頰を掻く。

「つまり、基本的には人間は合理的な考えに基づいて行動します。今回の例はスピード違反でしたが、殺人事件に適用することも可能です。目の前の人間を殺し、警察の目を完璧に欺く手段を持ち、巨大な効用を得られる場合、殺人が発生する可能性が高いのです。これが、合理的な殺人です。そして、経済学を使い、もっとも効用を得た人物を割り出すことができれば、早急に事件を解決することができるのです。例外はいくらでもありますが、これが、経済学で事件を解決するための、ベースとなる考え方です」

そう言った伏見は、その後も淡々と経済学の理論を振りかざし、合理的な殺人者のデータが過少なプロファイリングは不完全で、わざと犯罪現場を奇怪で異様に演出する合理的殺人者を取り逃がしていると説明を始めてから五分後。

盛崎が伏見に摑みかかり、講演会は強制的に終わりを告げた。

2

席を立った花琳（ファリン）は、胸の辺（あた）りを手で払う。

講演会は混乱のうちに幕を閉じ、教室内にはほとんど人が残っていなかった。プロファイラーの盛崎という男の姿もすでにない。

一度深呼吸をした花琳は、まっすぐに壇上に向かい、椅子に座る伏見を見る。

「先ほどはどうも」

その声に、ペットボトルに視線を落としていた伏見が顔を上げた。

「先ほど？」

眠そうな目をした伏見が首を傾（かし）げる。その動作に苛立ちを感じた。

「どなたでしょうか」

感情のこもっていない、単調な声。

眉間に皺を寄せた花琳は、説明するのが面倒だったので壇上に上り、目の前に立つ。

伏見は微（かす）かに目を開いた。

「……ジャスミンの香りですね」

「そうです。あなたの嫌いなジャスミン茶です」

「あぁ」

ようやく合点がいった様子の伏見は、一度頷く。

「僕はハーブティーが苦手なのです。砂糖を入れて、とても無理をすれば飲めますが」

花琳は目を細める。この男の雰囲気は苦手だ。

先が思いやられると思いつつ、花琳はスーツの内ポケットから警察手帳を取り出した。

「私は、中華人民共和国公安部の王花琳と言います」

「公安部、ですか」

「はい。刑事警察の部門におりますので、伏見警部補が想像しているような公安とは違います」

「そうですか」

伏見は関心がなさそうに頷く。半分寝ているんじゃないかと思ってしまうほど、反応が薄い。

「聞いてますか」

確認のために訊ねる。

「はい。聞こえています」

一本調子で答えた伏見は、ポケットからモレスキンの手帳を取り出す。

「あぁ、そういえば、なんとかという制度の……」

「人事交流制度です」

花琳がすかさず言う。

警視庁と中華人民共和国公安部の人事交流制度。日本と中国の犯罪捜査のノウハウを共有し、両国をまたぐ犯罪が発生した場合の対応を円滑にするために作られたものだった。

「たしか、そんな名前でした」伏見は呟(つぶや)きつつ、ノートを繰(く)る。

「それで、僕と同行することになったんでしたね」

「はい。伏見警部補が一風変わった捜査で事件に臨んでいるということで、勉強させていただきます。二ヵ月間、よろしくお願いいたします」

花琳は頭を下げ、伏見に見えないように歯を食いしばる。

屈辱だった。公安部での成績は優秀で、部内でも一目置かれている。それなのに、日本で同行することになった刑事が、捜査のプロではなく色物の刑事だった。

馬鹿にされているとしか思えなかった。

経済学で殺人事件を解決するなどできるはずがない。いや、実際に解決された事件があるらしいので、無理とは言わないが、経済学など使わなくても解決できたはずだ。

　ノートを閉じた伏見は、花琳を見る。

「日本語、上手いですね」

「……大学時代に留学して、二年間住んでいましたから」

「そうですか」伏見は興味なさそうに言う。

「あ、それと、警部補という呼び方はやめてください。僕は警察組織に属していますが、自分が刑事だとは思っていませんので」

「……分かりました。では、伏見さんと呼ばせていただきます」

　独特のペースに疲れを感じつつ答える。

　伏見は、一仕事終えたと言わんばかりに肩の力を抜いてから立ち上がった。

「では、一度戻ります」

「どこにですか」

「もちろん、警視庁です」

　伏見は壇上から降りて歩き出す。その動作が急だったので、花琳は反応できず、しばらく伏見の背中を見つめていたが、すぐに後を追った。

有楽町線の桜田門駅を降りた花琳は、伏見と共に警視庁本庁舎の正面玄関をくぐる。

　エレベーターで地下二階に降り、廊下を歩く。そして、資料庫というプレートが貼られた扉の前で立ち止まり、中に入った。

　古書店のような草木の酸化臭に包まれた部屋。蛍光灯の明かりで、埃がきらきらと舞っているのが分かる。

「……ここ、なんですか」

「僕の作業場です」

　伏見は、部屋の奥に置かれた机の前に立った。たしかにデスクが置かれている。しかし、どう見ても資料庫だ。

「……伏見さんって、所属は捜査一課でしたよね」

「そうですよ」

　部屋に不釣合いな革張りのソファーに座った伏見は、当然のように頷く。目の前にはホワイトボードが置かれていて、数式のようなものが殴り書きされていた。

「なら、どうしてこんな場所にいるんですか」

ホワイトボードから視線を外した花琳が訊ねる。

「一人が好きなので。それと、組織から爪はじきにされているからでもあります」

伏見は何の気なしに言う。

自覚はあるのか、と花琳は思うと同時に、これからしばらくの間、自分はこんな男と無意味な日々を過ごさなければならないのかと嫌気がさす。

なんとかできないかと考えていると、資料庫の扉が開き、ロマンスグレーの紳士然とした男が現れた。参事官の持田警視正。昨日、人事交流の事前挨拶で会っていた。

「お疲れさまです」

花琳は敬礼をする。それに対して伏見は、相変わらずソファーに座っていた。

「あ、堅苦しいことは抜きにしよう」持田は花琳に敬礼を止めさせた。

「それより、無事に顔合わせできたようだね。伏見くんの講演会、どうだった?」

持田は嬉しそうな顔になって訊ねる。

「とてもユニークな内容でした」

花琳はオブラートに包んで答えた。本音を言えば、納得できなかった。経済学で殺人事件を解決するなど、無駄なアプローチだ。当然のことだが、伏見との同行を告げられた時、持田に対して抗議した。しかし、その意見が受け入れられることはなく、今に至っている。

　持田は頷く。

「アメリカで開催された犯罪対策セミナーに出席していたときに初めて伏見くんの話を聞いたんだけど、君みたく、最初は半信半疑だったよ。でも、内容がなかなか興味深くて、日本の警察捜査に採用したら面白いんじゃないかと思って、引き抜いたんだ」

「……面白い？」

　思わず聞き返してしまう。

　持田は優しい表情になった。

「考えるまでもなく、経済学を根拠にして捜査するなんて、日本にはまったくない観点だったからね。どんな化学変化が起きるのか、興味があったんだ」

「そう……なんですね」

　意外だった。持田は物腰が柔らかく、およそ警察官には見えないが、警視正という立場はそれなりの責任を伴うはずだ。そんな彼が、面白いからという漠然とした理由で伏見を採用したというのか。

「もちろん、反対意見のほうが多かったんだけど、いろいろと根回しして実現させたんだ」

持田は悪戯っぽく笑い、手に提げていた紙袋を伏見に差し出す。

「これ、お土産」

「どうも」

海外のコーヒーチェーン店のロゴが入った紙袋を受け取った伏見は、中から、生クリームが山のように載ったコーヒーと、生クリームを塗りたくったシフォンケーキを取り出す。見ているだけで胸やけがした。そのほかに、アイスコーヒーとクッキーもあった。内容を見ると、花琳もここにいると当たりをつけてきたのだろう。

「この中身、持田さんの分も入っているのですか」

伏見が訊ねる。

「いや、私は遠慮するよ。もともと、君たちが戻っているだろうと思って買ってきたんだ。一つは、彼女に」

「そうですか」伏見はほっと息を吐いてから花琳を見た。

「僕は甘いものが大好きです。どうぞ」

「……はぁ」

花琳は、テーブルの上に載ったアイスコーヒーを手に取る。

「そちらで、いいのですか」

いつも淡々と話す伏見の声に、微かな喜びが窺えた。

「はい。甘いものが苦手なので」

「そうですか……それは不幸ですね。これも甘くなさそうですよ」

クッキーを花琳に手渡した伏見は、それでは遠慮なく、と呟いてから、生クリームでデコレーションされたシフォンケーキを黙々と食べ始める。

持田は、まるで孫でも見るかのような優しい目を伏見に向けていたが、腕時計を確認して目を丸くする。

「もうこんな時間か。会議に遅れてしまうから私はこれで。伏見くん、あとは頼んだよ」

持田はそう言い残し、資料庫から去っていった。

「そちらに座ってください」

シフォンケーキを平らげた伏見は、満足そうな顔をして壁際の椅子を指差した。あまり座り心地の良さそうな椅子ではなかったが、従うことにする。

目の前に座る伏見を観察する。どう見ても、捜査一課の刑事には見えず、どちらかと言えば無気力な大学生に近い雰囲気を持っていた。

「どうしたのですか」伏見が怪訝そうな視線を向けてくる。

「なにか、言いたいことでも」

「いえ、どう見ても刑事には見えないと思いまして」

花琳の言葉を聞いた伏見は、少しだけ首を左に倒す。

「それは『ハロー効果』というものですよ」

「え？」

突然の言葉に、花琳の目が点になる。

「行動経済学の用語で、人や物に対する一つの印象が、総合的な印象になってしまうというバイアスの一種です。後光効果とも呼ばれ、心理学でも使われているものです。ハローとは、月や太陽の光輪のことで、聖人の頭上に描かれることもよくあります。ある対象を評価する時に、その光輪の印象に引きずられて、ほかの部分を歪めて評価してしまうのです。この効果によって、人物に対して適正な評価を与えられなくなる場合が多いので、会社などでは人事考課の注意点として挙げられることもあります」喋り続ける伏見は、顔をしかめている花琳の反応を無視して続ける。

「おおかた僕の姿を見て、使い物にならない男で、頭も悪く、こんな奴と一緒に行動しなければならないのかと落胆し、日本に来たことを後悔しているのでしょう」

花琳は素直に頷いた。

「たしかにそう思っていました」

「僕も否定はしません」伏見は顔色一つ変えずに言った。

「しかし、それらの感想は、あくまで外見から読み取ったものであり、僕を評価する情報としては不十分でしょう」

「では、伏見さんは有能なんですか」

「それは、僕から伝えることではありません」

そう言った伏見は、目を少しだけ瞬かせてから再び口を開く。

「実は、今回の人事交流で王花琳さんと組みたいと言ったのは、僕なのです」

「……どうしてですか。それと、花琳でいいです」

眉間に皺を寄せる。一度も会ったことがない相手に言われると気味が悪かった。

伏見は、日向(ひなた)にいる猫のように目を細める。

「二週間前にマカオに行っていた会社員が死にました」

「……マカオ、ですか」

花琳は、中華人民共和国の特別行政区の名前を口にする。

「自宅マンション近くの歩道から、ガードレールの先にある崖へと飛び降りました。

帰国して、二日後のことです」伏見は抑揚のない声で説明を続ける。

「不審な点は今のところ発見されていません」

「自殺ですか」

「警察は、自殺と判断して捜査を終えています。ガードレールの近くに遺書が置いてありました。内容は非常に簡潔で、もう生きていくことに疲れたそうです」

「ずいぶんと漠然とした理由ですね」

花琳はアイスコーヒーを一口飲んだ。帰国して二日後に自殺というのは、急すぎる気がした。マカオでなにかあったのか、それとも、帰国してからなにかがあったのか。今聞いた情報だけでは、どうとも判断がつかなかった。

「自殺した男は、妻子持ちでした。生きていくのに疲れたからという理由だけで自殺するなんて考えにくいことです。心療内科への通院歴もありません。僕は、この件に疑問を覚えたので、再調査しようと考えています。そんなときに、花琳さんが来られるということでしたので、協力していただこうと思ったのです」

「……つまり、マカオを知る人間がいた方が、都合がいいと考えたんですね」

「いえ」伏見は首を横に振る。

「そこまで考えてはいませんが、なんとなく、役に立ちそうだと思ったのです」

明け透けな言い方が気に食わない反面、愉快でもあった。はっきりと物を言うタイプは日本人には少ない。

「では、伏見さんがどれほどの実力か見極めさせていただきます」

伏見は立ち上がり、口元を親指で軽く拭（ぬぐ）う。

「よろしくお願いします。早速、捜査を始めましょう。まずは、死んだ男が住んでいたマンションに行きます」

「分かりました」

アイスコーヒーを一気に飲んだ花琳も後に続き、口の端に笑みを浮かべる。

経済学捜査というものがどんなものか、お手並み拝見だ。

二章　談合捜査

1

城山邦弘（しろやまくにひろ）は、捜査二課が主に使っている会議室を借り切り、ゴミに埋もれていた。ビニールシートの上に散乱したゴミからは異臭が漂う。鼻の穴に入れたティッシュを手の甲で押し込み、ゴム手袋をした手で、丁寧に一つずつ確認し、三時間ほどかかって調べた。

「……やはりないか」

証拠に繋（つな）がるようなものを見つけることができなかった。

ゴミ漁（あさ）りに一週間を費やしたが、結局、徒労に終わった。いや、証拠は捨てられていないという成果を得られたのだと自分自身を慰め、立ち上がって大きく伸びをする。

周辺捜査だけでは、証拠を摑むことはできなかった。

やはり一度、正面から揺さぶりをかけるべきだろう。ゴミの山を見ながら城山は思いつつ、散らかったゴミを片づけ始めた。


翌日、城山は中央区銀座にきていた。ビルを見上げる。これといって特徴のないビルは、銀座という街にはいささか地味に感じた。

案内板の四階に〝KGリサーチ〟というプレートがはめ込まれているのを確認したあと、エレベーターに乗る。ハコの中は煙草臭く、床に敷かれたカーペットも汚れが目立つ。

四階に上がり、視線を左右に向けた。人の気配はなく、ひっそりと静まり返っている。平日の十三時にしては、静かすぎるほどだった。

短い廊下を進んだ先に、なんの変哲もない扉が立ちはだかる。ここには、社名の〝KGリサーチ〟という表示すらなかった。

インターホンを押そうかと一瞬思ったものの、思い直して、ドアノブに手をかけて扉を開けた。

中は、一応事務所のような体裁を整えていたが、どうもしっくりとしない。その原因が部屋の中央に置かれた雀卓（ジャンたく）だと気づくのに、それほど時間はかからなかった。

部屋には、男が一人でソファーに座り、煙草を呑（の）んでいた。針金のように細い身体をしており、胡乱（うろん）な目つきでこちらを見ている。自分も爬虫類（はちゅうるい）に似ていると自覚していたが、目の前の男ほどではない。一目見て、人間に似た爬虫類かと思った。

「……どなたでしょうか」

濁声（だみごえ）を出した男は、煙草を灰皿に押し付けて火を消す。

「先ほど電話した、捜査二課の城山です」

男の濁った瞳を凝視しながら答える。捜査二課と言えば、大抵の企業人はなにかしらの反応を示す。ただ、目の前の男はまったく動じなかった。

「……あぁ、午前中の電話の」

今まで忘れていたとでも言いたげな口調の男は、自分を金田（かねだ）と名乗る。

「二課の方が、どうしてこんなところに？」

「ちょっと、聞きたいことがありましてね」

「へぇ、どのようなことでしょうか」

「この会社の代表は、あなたですよね」

「そうですよ」

そう言った金田はようやく立ち上がると、ジャケットの内ポケットから名刺を取り出して手渡す。

『KGリサーチ　代表取締役社長　金田敦』

「代表と言っても、従業員十名の、小さな会社ですが」

「ほかの社員の方はどこに？」

「仕事がら外出が多いんですよ。不景気ですから、足で稼がないといけません」

「それでも、こうして銀座の一等地に事務所を構えていますね。それに」城山は雀卓を指差す。

「仕事中に遊戯をする余裕もあるようです」

雀卓の上には、つい先ほどまで遊んでいたかのように、牌と点棒が散らばっていた。

「麻雀は頭の体操ですよ」金田は蔑むような笑みを浮かべる。

「刑事さんこそ、こんな小さな会社に来るなんて、ずいぶんと仕事に余裕があるんですね」

そう言いつつ、金田は座るように勧める。城山は言われるままにソファーに腰を落とした。ずいぶんと高そうな革張りのソファーだ。硬かったが、座り心地はいい。

目の前の男を睨(にら)みつける。

金田敦。日本の五指に入るスーパーゼネコンの島中(しまなか)建設に勤めていた元業務屋。

業務屋とは、建設業界の談合担当者のことを指す。二〇〇五年末に、大手ゼネコンが中心となって脱談合が宣言され、表向きは談合がなくなっている。しかし、その後も談合事件は摘発されており、根絶したとは言いがたい。

「早速お聞きしますが、この会社は、どんなことをして金を稼いでいるんですかね。ホームページがなかったので、事前に調べられなかったんですよ」

少しだけ強めの口調で訊ねる。事前の調査で会社がどんなことをやっているのかは把握していたが、知らないふりをする。

金田は皺だらけの顔を歪め、より複雑な皺を作った。

「どうして、そんなことを知りたいんでしょうか」

「捜査中の件に関係があるかと思ったんです」

「なんの捜査ですか」

「それは言えません」

「では、私の会社と、どう関係があるんですかね」

食い下がってきた金田の真っ直ぐな視線を受けた城山は、指の骨を鳴らす。

「あなたが〝火曜会〟の元業務屋だから、追っている事件に関係があるかもしれないと思ったんです」

「……まるで前科者みたいに言いますね」

「前科はなくても、談合は犯罪ですから。ただ逮捕されなかっただけで、私にとっては同列の扱いです。単純に、運が良かっただけの犯罪者だ」

その言葉に、金田は薄い唇を結ぶ。

〝火曜会〟

脱談合宣言がされるまで続いた談合組織。東京都中央区日本橋にサロンがあり、東京に本社を持つ建設会社が中心となって作られた。〝火曜会〟が存在した当時、城山は捜査二課にいなかったが、聞いた話によれば、昼間から各社の業務屋たちが集まり、麻雀といったギャンブルに興じていたという。毎週火曜日に集まっていたことから名前がついたらしい。また、歌謡曲好きが多かったからとも言われている。

「雀卓が一つということは、雀荘を経営しているわけじゃなさそうだ」

「当然です」金田は唇の筋肉だけを動かす。喜怒哀楽が、まったく顔面に表れなかった。

「ここは、建設業界の情報を発信する、いわば業界紙のようなものを発行しています」

「業界紙」城山は驚いた表情を作る。「どのくらいのペースで発行しているんですか」

「週に一度、会員宛にメールを送っています。メールマガジンのようなものです。ですから、紙では出しませんよ」

「どんな内容なんですか」

「そりゃあ、建設業界のニュースですよ」

「会員の数は？」

「その質問に答える必要がありますか。どうしても知りたければ、令状を持ってきてください」

金田は口を歪めて笑う。しかし、それが笑いだと気づいたのは、声が微かに震えていたからで、表情は相変わらず乏しい。

「煙草を吸っても？」

「どうぞ」

城山は胸ポケットから〝ハイライト〟を取り出す。金田は〝キャビン〟を取り出して火をつけた。

どう攻めようか、城山は考えあぐねていた。

元業務屋の金田は、火曜会の中核メンバーの一人で、当時は曲者揃い（くせものぞろい）の業務屋を束ねているような親分肌だったらしい。簡単に切り崩せないことは承知の上である。

「そういえば、火曜会では〝一瞬ゲーム〟というのがあったらしいですね」

城山が訊ねるが、金田は返答する代わりに、白い煙を歯の間から吐き出しただけだった。

「公共工事があると、あなたたち業務屋はサロンに集まって〝一瞬ゲーム〟をすると聞きました」城山は続ける。

「司会者が工事名を読みあげて、各社の業務屋たちに落札希望を聞く。〝どうぞ〟と言うと、受注しなくてもいいということ。言わばパスを意味する。それに対して〝お願いします〟は、受けたい。つまり、受注したいということ。それが一社だけなら即決。それこそ一瞬で決まる。複数の業務屋が名乗りをあげた場合は、中核メンバーが裁定（さいてい）するか、天の声に従う」

「……昔の話ですからねぇ」

金田は懐かしむような視線を天井に向けた。

「まどろっこしいことは止して、あなたが好きな〝一瞬ゲーム〟のように答えてください」城山は煙草の灰を灰皿に落とした。

「この会社、公共工事の談合情報を提供しているという噂がありましてね」

「噂は噂でしょ」

そう答えた金田に、動揺した様子はない。

城山は目を細める。

「それが、なかなか信用のおける噂だったんで、調べてみたら、ここには多くの建設業者の会員がいると判明したんです」

「メールマガジンを売ってるんですから、別に問題ないでしょう」

「それだけじゃないんですよ。あなたが、政官界と建設業者を繋ぐパイプ役という情報もあるんです。建設業者と政治家というのは、切っても切れませんからね」

「妙な話もあるものですね。たしかに過去には、そういったこともありましたが、昔話ですよ」

顔の表面が石化しているのではないかと思ってしまうくらい、変化がない。

「火のないところには、なんとやらというやつです」城山は煙草を灰皿に押しつけて立ち上がった。

「まぁ、ゆっくり調べていきます。今日は挨拶みたいなもんです」

城山が言い終わると、金田は上唇を微かに痙攣させてから、口を開く。

「最近は火のないところにも煙が立つような奇妙な社会ですからね。まぁ、お手柔らかに〝お願いします〟」

金田は黄ばんだ歯を剝いて笑った。その顔は、威嚇の表情だった。


ＫＧリサーチを後にした城山は、周囲を見渡し、斜向かいの喫茶店に入る。個人経営の喫茶店は寂れた印象で、ほとんど客の姿もない。小さな喫茶店で、店員らしき中年女性が一人と、カウンターにいる髭面の男の二人で回しているようだ。

案内される気配がないので、勝手に窓際の席に座り、視線を外に向ける。ここからなら、ＫＧリサーチのビルに出入りする人の姿を把握することができた。

「いらっしゃいませ」

愛想のない中年女性が、伝票を手に目の前に立つ。薄汚れたエプロンには〝カフェ縁〟という店名が書かれている。

「ここのマスターは？」

城山が問うと、女性は迷惑そうな顔をするだけで返事をしない。

「警察です」

城山は仕方なく警察手帳を見せる。すると、より迷惑顔になってから踵を返し、のろのろとした動作でカウンターへと向かって、髭面の男に二言三言伝えた。

髭面の男は、眉間に皺を寄せながらこちらを見て、頭を掻いてからやってきた。

「警察が、なんの用ですか」

警察手帳を一瞥した髭面の男は、歯の隙間から息を出すような音を発する。無骨な相貌に、盛り上がった筋肉。喫茶店のマスターというよりも、プロレスラーと名乗ったほうがしっくりとくる印象だ。

「相談なんですけど、事情があって、ここで張り込みをしたいんです。ご迷惑は……」

「客なんていませんから、別に構わないですよ」

即答で了承された。交渉材料を用意していた城山は意表を突かれた。

「ただ」髭面の男はメニューを太い指で叩く。

「二千円分は頼んでくださいね」

そう言うと、欠伸を一つしてカウンターへと戻ってしまった。

客商売をしている態度とは到底思えなかったが、銀座という立地で営業を続けられているということは、土地持ちかなにかで、ここは趣味程度にやっているのだろうと推測する。

城山は中年女性に、ナポリタンとサンドイッチ、コーヒーを頼む。二千円にぎりぎり達しなかったので、ついでにフルーツパフェを頼んで食後に持ってくるように伝える。

注文を取り終えた女性が去っていくと、城山は先ほどまでいたビルをガラス越しに見上げた。

元業務屋の金田からは、不正の臭いがした。それが業務屋時代から残っている黄ばみなのか、それとも現在進行形による汚れなのか、はっきりとは見極められなかった。

胸ポケットから煙草を取り出して、火をつける。

一ヵ月前。城山は、公共工事の入札で談合が行われている可能性があるとして、調査を始めていた。東京都の一般競争入札の落札率が、二年前は七五パーセントだったのに対して、ここ最近は九〇パーセント近くまで上がっている。落札率とは、予定価格に対する落札額の割合のことだ。一概には言えないが、競争原理が働けば落札率は低くなり、高いということは、公正な競争がされていない可能性があった。直接的な言い方をするなら、談合をしている疑いがあるのだ。

このことに気づいた警視庁捜査二課は、城山以下数名に捜査をするように指示を出し、こうして嗅ぎ回っている。

捜査二課は、知能犯を相手にしていた。贈収賄や選挙違反、詐欺や横領、商法違反などが対象だ。金がもっとも信頼の置けるものという価値観が浸透している世の中で、捜査二課の仕事量は膨大なものになっていた。落札率が高くなっているという不確かな情報だけで、それ以外の客観的証拠はないに等しい。

ただ、城山は過去にも談合事件を担当したことがあり、一種の勘があった。

そこで、まずは落札率が上がり始める前の、建設業界の動きを探った。談合は一社ですることはできない。昔でいう〝火曜会〟のような談合サロンがあるはずだと睨み、調査をしている中で、金田の会社に行きあたった。それが十日ほど前のことだ。

それから一週間、KGリサーチの入るビルから出るゴミを回収し、談合の取りまとめをしているという証拠を探していたが、成果はなかった。

KGリサーチは、金田が説明したとおり、建設業界の人間にメールマガジンを発行する会社らしい。しかし、それは表向きのことだろう。元業務屋がメールマガジンを発行するだけで、銀座に事務所を構えることなどできるはずがない。メールマガジンは、多くの会員を擁する隠れ蓑で、実際には談合を仕切っている可能性が高い。

　煙草を吸い、勢いよく煙を吐く。

　城山は、ＫＧリサーチが談合をしていることだけを探るつもりはなかった。この手の不正には、必ず政官界で甘い汁を吸っている奴がいるはずだ。

　城山は、そいつを引きずり出して、さらし首にできればと考えていた。

「お待ちどおさま」

　気づくと、店員の女性がサンドイッチとコーヒーを持って立っていた。それらを乱暴にテーブルに置くと、愛想笑い一つせずに去っていく。

　城山は苛立ちを覚えつつ、卵サンドを頰張る。

「……美味い」

　思わず声が出るほどだった。接客は最悪だが、味は目を見張るものがある。

　髭面の男が勝ち誇ったようにほくそ笑んでいるのが視界の端に見えたが、気づかないふりをした。

　五時間ほど喫茶店で粘り、出入りしている人間を写真に収める。事前に調査した限りでは、ビルには裏口もある。そちらから出入りしている可能性もあるが、とりあえずは正面玄関を見張ろうと考えていた。

席を立って会計を済ませ、腕時計を確認すると十八時を指していた。

一度、霞が関に戻ることにする。

銀座の街を抜け、日本の行政機関の庁舎が密集するエリアに到る。

内堀通りを進み、桜田通りへ分岐したところに警視庁はあった。地上十八階の建物は周囲と比べても高いというわけではなかったが、堂々たる姿をしていた。

警視庁本庁舎に入ったところで、見た顔と遭遇する。

向こうもすぐに気づいたらしく、生気のない顔をこちらに向けてきた。

「どうも」

頭を軽く下げた伏見は、相変わらず亡霊のようだ。存在感がないが、そのことが逆に目につくという矛盾を孕んでいる。

「伏見か。どうしたんだ」

以前は伏見〝先生〟と皮肉を込めて言っていたが、一度事件で関わって以降は、呼び捨てにしていた。刑事として認めたわけではなかったが、それなりに敬意は払っているつもりだ。

「ちょっと、野暮用がありまして」

感情のこもっていない声。いつものことなので、特に気にはならなかった。

——それよりも。

視線を伏見の横に向ける。

そこには、この場にそぐわぬ女が立っていた。モデルと言われても納得してしまうほどの容姿とスタイルを持った女は、切れ長の大きな目をしていた。

城山の視線に気づいたのか、伏見は女の方を見る。

「この女性は、中華人民共和国公安部の花琳(ファリン)さんです。これからしばらく同行して、日本の捜査を学ばれるということです」

城山も所属と名前を名乗り、伏見を見た。

「例の、人事交流か」

「はい」

「お前の捜査を学ぶのか。大層なことだな」

経済学で殺人事件を解決するなど、常人に真似ができるはずがない。おおかた、適当な人員がいなかったから伏見が押しつけられただけだろう。こいつなら、機密情報が漏れる心配もないし、組織の足並みを乱されなくてすむ。

「日本語は話せるのか」

「留学経験がありますから」

花琳が自然な発音で答える。吸いこまれそうなほど大きな瞳に見つめられ、顔が赤くなるのを意識する。東洋的な美女というのは、目の前の女性に使われるべき言葉だと思った。

「花琳さんも大変だな。こんな男と一緒に行動するなんて。しかも、捜査方法も普通じゃない」

「お気遣い、ありがとうございます」花琳は笑みを浮かべる。

「ですが、私の国の捜査能力は、日本に劣ってはおりませんので、あえて勉強する必要はありません。むしろ〝変わり種〟のほうが面白いかと思います」

「……そうか」

日本の警察を批判された気がしたが、反論は押し込める。

「では」

まるで他人事のように立っていた伏見は、頭を下げてから歩き出す。花琳もその後を追った。

「……なんなんだよ」

釈然としない思いを抱きつつ、捜査二課の入る部屋に戻った城山は、第三係の高野の姿を見つけたので呼び止める。

「KGリサーチのメルマガに登録している会社数は分かったか」

「いえ。まだです」

短く刈り込んだ髪を手で撫でながら高野は平然と答える。二年前まで練馬署にいたが、捜査能力と、経理の知識を持っていることを評価されて、今は城山の部下になっていた。

「使えねぇな。早いところ調べろ」

城山の言葉に、高野はぺこりと頭を下げる。

「会員数は分かりませんが、KGリサーチの金田と険悪な関係になっている建設会社は見つけましたよ」

「……金田と険悪か」

心当たりがないではない。

椅子に座った城山は、高野を見上げる。その顔から、自信が読み取れた。

「もし、KGリサーチが談合を仕切る組織だったら、大小さまざまな建設会社を束ねているはずです。談合をするわけですから、すべての会社を手中に収めて舵取りをしたいというのが本音でしょうからね。それが難しくてもスーパーゼネコンと中堅ゼネコンは絶対に抑えたいはずです。結局、彼らを取りまとめられれば、公共工事の談合はできますから」

「御託はいい。早く本題に入れ」

城山は舌打ちをする。

「ですが、一社だけ、KGリサーチに関わっていないと思われる会社があるんです」

「どこだ」

「中堅ゼネコンの奥西(おくにし)建設です」

「奥西……」

会社名を呟きつつ、記憶を辿(たど)る。

「この会社、おそらくKGリサーチの会員になっていませんよ」

「どうして分かる」

「これです」

高野が小脇に抱えていた資料を渡す。

「奥西建設が落札した公共工事をまとめたものです。これを見てもらうと分かると思いますが、落札率の平均は七八パーセントなんです」

「……最近の落札率九〇パーセントから見ても低いな」

高野は頷く。

「そうです。あくまで推測ですが、奥西建設は談合には絡んでいないので、自力で落札しているんでしょう」

「もういいぞ。助かった」

資料に視線を落としつつ言った城山に対して、高野は、どういたしまして、と返事をするとその場から離れていった。

「足並みが揃っていないなら、そこから攻めるべきだな……」

城山は呟く。

奥西建設は、過去に一度だけ調べたことがある。そのときに知り合った男の顔が頭に浮かんだ。

ジャケットから手帳を取り出し、該当者のページを開く。

橋本広嗣（はしもとひろつぐ）の、やや神経質気味の顔を思い起こす。

今も奥西建設にいればいいがと考えつつ、事務机の上に置いてある電話機に手を伸ばした。

翌日の十七時。

奥西建設の本社ビルは、二年前に新宿区に移転していた。会社の規模はそれほど大きくなかったが、この立地に自社ビルを建てられるということは、なかなか羽振りがいいのだろう。重機械土木大手の奥西建設は、建設機械の販売から、ダムや道路工事、最近ではマンションの建設に積極的に乗り出している。

城山はビルの中に入らずに来た道を戻り、指定した居酒屋に向かった。

新宿三丁目駅から十分ほど歩いた場所にある居酒屋は、区役所通りから一本脇道に入ったところにあった。

店に入る。時間が早いためか客の姿はない。古民家を改装したような造りをしており、木造特有の温かみがあった。

やってきた店員に名前を告げると、奥の個室に通される。部屋にはすでに橋本の姿があった。

「どうも、ご無沙汰しております」

神妙な顔つきをした橋本は、座敷で正座をして頭を下げる。容姿は、三年前とほとんど変わっていなかった。肩幅が異様に広く、大学時代はラグビーをしていたと記憶している。ただ、粗雑な雰囲気はない。

掘りごたつに足を入れてから、名刺を受け取る。名前の前に、部長代理と書かれてあった。

「急にすまん」

城山は座りながら言う。店員がおしぼりを持ってやってきた。ビールと、すぐに出てくる料理を数品頼む。

煙草に火を点けた城山は、ゆっくりと煙を吐いた。

「三年ぶりだな」

「はい」

声が硬い。

「まぁ、とりあえず足を崩せよ。そんな調子だと話しにくい」

城山が言うと、橋本は恐縮しつつも正座から胡坐になる。

「景気がいいみたいだな。二〇二〇年のオリンピックもあるから、仕事は湯水のごとく湧いてくるだろ」

「いえいえ、建設業界もいろいろと大変で……」

「新宿にあんな綺麗なビルを建ててか？　さっき見てきたぞ」

その言葉に、橋本は血相を変える。

「ほ、本社に行ったんですか！」

「外から見ただけだから安心しろ」

軽い調子で答えるが、橋本は不安を払拭しきれないようだった。

「……本当に勘弁してください。捜査二課の方と会っているなんて知れたら、どんなことになるか……」

「なんだ。悪いことでもやってるのか」

「い、いえいえ。まったくそんなことはありません」

必死の形相で否定しつつ、首を横に振った。

「三年前のあれ以降、悪いことはしてないってことか」

「あ、いえ……やっぱり城山さんは手厳しいですね」

苦笑いを浮かべた橋本は、語尾を萎ませる。城山は小さく舌打ちをした。三年前の奥西建設の一件は結局、証拠を摑めず立件できなかった。苦い思い出だ。

店員が現れ、注文した品が置かれていく。その間、城山も橋本も無言だった。

再び二人きりになり、城山は箸の頭でテーブルを叩く。

「こうして呼ばれた心当たりはあるか」

「……いえ」

「それなら、単刀直入に言おう」城山は相手の目を睨みつける。

「奥西建設は、ＫＧリサーチの会員じゃないのか」

橋本は目を皿のように大きく見開き、慌てたように視線を逸らした。

「ＫＧリサーチ……ですか」

「しらばっくれるな」

語調を強めた城山の言葉に、橋本は肩を震わせる。

「島中建設の元業務屋の金田敦がやっている会社だ。手広く会員を募っているらしいから、お前の耳に入らないわけがないだろ」

「も、もちろん知っています……たしか、メールマガジンを配信する会社ですよね」

「奥西建設は会員なのか」

「い、いえ……違います」

再度発せられた城山の質問に、橋本は声を震わせて答える。

「どうして、会員じゃないんだ」

「どうしてと言われましても……特に必要性がなかったからで……」

「そういった誤魔化しはいい」城山は手を振る。

「ＫＧリサーチは、表向きはメールマガジンを配信していることになっているが、実際には、談合を取りまとめる会社なんだろ？」

橋本は苦しそうに顔を歪める。

「……談合をしているかどうかは、自分には分かりません」

これでは埒が明かないと判断した城山は、鞄から冊子を取り出してテーブルの上に放る。第三係の高野がまとめた資料だ。

「これを見ろ。ここ一年の公共工事の落札率を示したものだ」

橋本は言われるがまま冊子を手に取り、頁を繰る。

「奥西建設が落札した公共工事を見ろ。発注者の予定価格の七八パーセントが平均落札率だ。それに対して、他の建設会社の落札率は予定価格の九〇パーセントだ。お前の会社が談合に加わっていないのは明らかじゃないか」

「いや……ですから自分にはちょっと……」

「なぜ言い淀む。お前の会社が談合しているわけじゃないんだろ?」

城山は言いつつ、橋本を観察する。額から頬に汗が伝うところを見ると、かなり動揺しているようだった。

「勘弁、していただけませんか」

絞り出すような橋本の声。城山は詰問しようと口を開いたが、思い直す。

「まぁいい。KGリサーチの金田と、お前のところの社長の奥西利一は、折り合いが悪いらしいな」

「い、いえ……われわれは……」

「黙って聞いてろ」

城山は突き放すように言い、ビールを一口飲む。

「談合に加われば、余計な競争をせずにすむ。おそらくスーパーゼネコンと呼ばれている会社は、すべてKGリサーチの会員だと考えて間違いない。というよりも仕切役だな。そうじゃなきゃ業界各社の舵取りなんてできないはずだ」

橋本は視線を落とし、膝のあたりで両手を握りしめている。

「談合のシナリオで重要なのは、すべての談合協定参加者が足並みを乱さないことだ。ここ一年の落札率を見ると、足並みはそろっているようにも思える。だが、奥西建設が入札して落札したものだけ、特に低い落札率なんだ。誰が見たって妙に思う。まして、知識のあるお前なら一目瞭然(りょうぜん)だろ」

返事をしない橋本に、城山は胸倉を掴みたい衝動に駆られるが我慢する。

「……あくまで俺は、KGリサーチを狙っている。お前の会社だけが談合に参加せず、清廉(せいれん)潔白を貫いたのか、もしくは金田と敵対関係ゆえのことなのかは知らないが、どっちにしろ、談合を暴かれたところで奥西建設は被害を受けないはずだ。どうにかして、ＫＧリサーチの内情を知りたいんだ」

城山は口を閉じる。橋本は顔を歪めたまま沈黙していたが、やがて視線を合わせると、深々と頭を下げる。

「……少し、考えさせてください」

「あぁ、分かったよ」

「すみません」

橋本は財布から金を取り出そうとするが、城山はそれを止めた。

「借りを作りたくないんでな」

「いえ、しかし……」

「それよりも、連絡を待っているからな」

その言葉に、再び頭を下げた橋本は、スーツの内ポケットからスマートフォンを取り出して確認する。静かな部屋にバイブレーションの音が響く。画面に映っている顔が、一瞬だけ城山からも見えた。若くてショートカットの女性だった。頬がぷっくりとしており、ハムスターを彷彿(ほうふつ)とさせる容姿は可愛らしい。

「出ないのか」

「あ、いいえ。いいんです」

橋本は、慌ててスマートフォンをポケットにしまい、個室から姿を消した。結局、料理には一口も箸をつけていなかった。

橋本は、ＫＧリサーチが談合に一枚嚙んでいることを知っている風だった。証言なり証拠なりを得るための協力者にできれば心強い。最低でも、証拠を得るための駒(こま)にしてやるつもりだ。

なんとか取っ掛かりを見つけ出し、不正を暴いてやる。

城山はグラスに入ったビールを飲み干し、口をつけていない橋本の分のビールに手を伸ばした。

翌日。

橋本から、協力するという旨(むね)の連絡が入る。順調に事が運びそうな予感に、城山は安堵(あんど)した。

2

二日の間、銀座にあるＫＧリサーチの動向を探るため、ビルの近くにある〝カフェ縁〟で張り込みを続けた。同僚にも手伝ってもらおうと考えたが、証拠が出ていないので、まずは一人でやるつもりだった。

ビルに出入りする人間の中には、過去に談合担当者だった男も含まれていた。雑居ビルなので、すべてがKGリサーチに関係した人物かは分からなかったが、漏れのないように写真に収めた。

「お待たせしました」

相変わらず接客態度の悪い中年女性の店員が、追加のコーヒーを持ってくる。

「あんたも暇だねぇ」

「待つことが仕事みたいなものですから」

「そうなの？　それなら私でもできそうだけどねぇ。そのサングラスは変装用？」

中年女性は城山の顔を指差した。

「そんな感じです」

「それは良かった。似合わないから普段はつけない方がいいわよ」

「…………」

苛立ちをぐっと堪え、笑みを返す。すると中年女性は、気味が悪いとでも言いたげに顔を引き攣らせて去っていった。

三日目。

城山は同じように〝カフェ縁〟に入る。すると、いつも座っている席に先客がいた。

「お待ちしておりましたよ」

煙草の煙を吹かしながら、金田が下卑（げび）た笑みを浮かべていた。

意表を突かれたものの、平静を装った城山はゆっくりとソファーに腰かけた。

「奇遇ですね。どうしたんですか」

城山の言葉に、金田は煙草を灰皿に押し付ける。

「張り込みをしても無意味ですよ」

「張り込み？　人聞きが悪いですね。まぁ、そのとおりですが」

言い逃れをするつもりはなかったので、素直に答える。

「うちを調査しても意味がないとお伝えしに来たんです。メールマガジンを配信する小さな会社をいくら探ったって、なにも出てきませんよ」

金田は目尻を揉（も）みながら言う。

「それにしては、建設会社の人間が多く出入りしていますね。まるで過去にあった

〝火曜会〟のような印象を受けましたよ」

城山は鎌をかける。二日間で撮った写真の照合はできていなかったので、建設会社の人間がどの程度来ているのか確証はなかった。

金田は思案するように視線を天井に向け、やがて城山と目を合わせた。

「別に変じゃないでしょ。メールマガジン用の取材もしますし、集まって会食をしたり、麻雀だってしますよ。そうやって業界内の情報を交換し合って記事にしているんです。これも仕事です」

談合の証拠を摑んでいるわけではなかったので、今の城山には攻める材料はなかった。

歯がゆい気持ちに顔が歪む。

「私は疑うのが仕事ですから。KGリサーチの調査も、数多くある調査対象の一つです」

「そうやって、しらを切るのもいいですし、自由に張り込みでもなんでもしてください。まぁ、気持ちのいいものではありませんがね」

一拍置いた金田は、射抜くような視線を向けてくる。

「ですが、あまり妙な工作はしないほうがいいですよ」

そう言って金田は立ち上がり、店を出ていった。

残された城山は、煙草を取り出して咥えたが、火はつけなかった。

「注文は？」

伝票を持って現れたのは、いつもの中年女性ではなく、髭面のマスターだった。城山は迷ったものの、長居しても意味がないと思ってコーヒーのみを注文した。

「ちょっと聞いてもいいですか」

去っていこうとするマスターを呼び止める。足を止めたマスターは、機嫌の悪そうな顔を向けてきた。

「なにか」

「さっきここにいた男は、よくこの喫茶店に来るんですか」

「……どうだろうな。おっさんなんて、みんな同じ顔をしているから分からん。念のために言っておくが、俺が密告したわけじゃないからな」

ぶっきら棒に答えたマスターは、厨房へと消えていった。

金田の顔を思い出す。

奴は、ここで張り込みをしていることを知っていた。窓際に陣取っているので、気づかれることは想定内だ。ただ、予想していたよりも早い。金田が神経をとがらせている証拠だろう。やはり、ＫＧリサーチには後ろ暗いことがある。

携帯電話を取り出し、奥西建設の橋本の名前を選ぶ。

コール音が鳴らずに、すぐに留守番電話に繋がった。

嫌な予感がした。

十分おきに電話をかけるが、結果は同じだった。

頭を掻き、奥西建設の代表番号にかける。

〈はい。奥西建設です〉

すぐに女性が出た。声がやや高い。城山は大手建設会社の社名と所属を告げる。

「営業三課の橋本さんに繋いでいただけませんでしょうか。名刺を家に忘れてしまって」

〈かしこまりました。少々お待ちください〉

保留になる。

軽やかなメロディーを聞きながら、無性に焦りを覚える。

〈お待たせしました〉先ほどの女性の声だった。

〈申しわけございません。橋本は休暇を取っております〉

「いつからでしょうか」

〈……昨日からです〉
一瞬の躊躇(ちゅうちょ)の後に、女性が答える。
「いつまででしょうか」
〈確認しますが、出社したらこちらから……〉
話を最後まで聞かずに、電話を切る。
——あまり妙な工作はしないほうがいいですよ。
金田の言葉を、頭の中で反芻(はんすう)する。
これ以降、橋本と連絡が取れなくなった。

三章　ライベンシュタイン・モデル

1

花琳と伏見が最初に向かった先は、マカオから帰国してすぐに死んだ男のマンションだった。男の名前は、飯田功。奥西建設の建築部門に勤めていた。

ＪＲ京浜東北線の大森駅から、歩いて二十分ほどの距離にあるマンションは、急な坂を登りきった場所に建っていた。

エントランスのインターホンを押す。しばらくすると弱々しい声が聞こえてきた。

〈はい〉

「警察の者です」

伏見はカメラに顔を近づけながら言い、次に警察手帳をカメラに向ける。

〈……なんの、ご用でしょうか〉

「旦那さんの件で、少しお話を聞かせていただけませんか」

〈……どういったお話でしょうか〉

震える声からは、警戒が読み取れた。

「実は、亡くなった旦那さんが自殺ではない可能性があるのです」

〈え……〉

「ですから、お話を伺いたいと思いまして」

伏見は淡々と言う。

〈……わ、分かりました〉

女性が慌てたような声を出すとほぼ同時に、オートロックのドアが開く。

「行きましょう」

伏見はそう呟くと、マンション内に足を踏み入れる。

「自殺じゃないなんて言って、大丈夫ですか」

伏見の背中を追いながら、花琳が訊ねる。たしかに、妻子持ちの男が、生きていくことに疲れたからという遺書を残して自殺するのは不自然だ。鬱病などの症状もなかったらしいので、余計にそう感じる。ただ、それだけで他殺と考える根拠にはならない。

エレベーターのボタンを押した伏見は、細めた目を向けてくる。

「おそらく奥さんは、夫である飯田功が自殺するわけがないと思っているでしょう。ただ、警察に自殺と断定され、二週間が経ちました。彼女は、自分を納得させるために、夫は自殺したのだと無理に思おうとしているはずです。これは『アンカリング効果』というものです」

「また、行動経済学ですか」

花琳の言葉に、伏見はしれっとした顔で頷く。

「アンカリングとは、船の錨（アンカー）が語源で、最初に提示された基準が強く印象に残ってしまい、意思決定や判断に影響を及ぼすことを言います。今回の例で言えば、奥さんは、自殺というアンカーに引っ張られている可能性が高いのです。その場合、自殺以外の可能性を示すヒントを無意識に排除してしまっているという弊害が起こります。これを正すには、現状とは反対に作用するアンカーを与えることです」

「だから、自殺ではないと言ったんですか」

「そうです」

エレベーターに乗り込んだ伏見は無表情で言う。

花琳は納得ができなかった。

「アンカーを排除する手段だというのは理解できます。でも、それって、もし本当に自殺だったらどうするんですか。奥さんの気持ちを無駄に揺さぶっただけになりますよ」

「僕は、逃げようと企んでいる犯人を追いつめるために捜査していますので、それ以外のことはあまり考えません」

当然のように伏見が言う。

「……犯人を逮捕するためなら、被害者遺族に負担を強いてもいいということですか」

「どんな方法を試みようとも、遺族に安息は与えられません」単調だが、はっきりとした声だった。

「ただ、遺族は真実が知りたいはずなのです」

眠そうな瞳が光る。まるで闘志の炎が宿ったかのようだった。

伏見の言葉を聞いてもなお、花琳は納得ができなかった。

内廊下を進む。

十四階の角部屋が、飯田功が住んでいた部屋だった。

インターホンを押すと、すぐに女性が姿を現す。細面（ほそおもて）の、可憐な印象の女性だった。ただ、悲嘆が顔全体に浮かんでおり、今にも倒れ込んでしまいそうだった。

「警視庁捜査一課の伏見です」

「……どうぞ」

警察手帳を一瞥（いちべつ）した女性は、部屋の中に招き入れた。

リビングは北欧家具で統一され、木のぬくもりを感じる。調度品のセンスが良い。

若葉色のソファーの前には、まだ小さな男の子がミニカーを手に遊んでいた。茶色い瞳が、二人の来訪者の姿を追う。眉間に皺を寄せ、不安そうな顔をして指を口に入れていた。

「お子さんは、何歳ですか」

あまりの愛らしさに、花琳は思わず訊ねる。

「二歳になりました」

か細い声で答えた女性は、飯田萌絵（もえ）と名乗り、功の妻だと付け足す。

「あの、それで……夫が自殺ではないかもというのは……」

その言葉に、椅子に座って部屋の中をきょろきょろと見ていた伏見が、萌絵に視線を向けた。

「あくまで可能性ですが、僕は、自殺ではないと思っています」

「ど、どうして……」

「飯田功さんは、人生に疲れたからといって、あなたと子供を残して、死んでしまうような人でしたか」

「そんなことはありません！」首を横に強く振った萌絵の目に涙が浮かぶ。

「……夫は、とても優しい人でした。私たちを残していくなんて、今も信じられません……」

「警察にはそう訴えましたか」

「はい……でも、結局、自殺ということになってしまいました。……反論したんですが、遺書もあるからと言われて」

「遺書に書かれていた文字は、飯田功さんのもので間違いありませんか」

「たぶん……」萌絵が自信のない声を発する。

「殴り書きのような感じだったので、自信はないですけど……」

「遺書は手元にありますか」

伏見の問いに、萌絵は首を横に振る。

「……あまりに身勝手な内容だったので、捨ててしまいました」

そうですか、と呟いた伏見は、ジャケットの内ポケットからボールペンとモレスキンの手帳を取り出し、ぱらぱらとめくる。

「飯田功さんは、マカオから帰国して二日後に、家の近くにある崖から落ちて亡くなりましたね」

「そうです」

涙声で答えた萌絵は、テーブルの上に置いてあったティッシュを取って目元に当てる。

「よく、マカオには行かれていたんですか」

一瞬の間の後に、萌絵は顎を引く。

「はい。仕事でよく海外出張に行っていました。香港とか、マカオといった単語をよく耳にしていました」

「功さんが亡くなった日、萌絵さんはどこにいらっしゃいましたか」

「二駅隣に私の実家があって、そっちに行っていました」

「もともと予定していた帰省ですか」

萌絵は、少し考えた後に頷く。

「金曜日は、実家にいる祖母の世話をすることになっていたんです。毎週ではないですが」

伏見は手帳にボールペンを走らせる。

「仕事などで悩んでいる様子はありましたか」

「……どうでしょうか」萌絵が目を細める。

「夫は、あまり仕事の話をしなかったので」

「顔色が悪かったとか、眠れないとかいったことはなかったですか。ほかにも、急に考えごとをするようになったり、いつもと違った行動に気づいたりはしませんでしたか」

矢継早に発せられた伏見の言葉に、萌絵は目を閉じ、自分を落ち着かせるように深呼吸をした。

「……最近疲れていると言っていましたけど、そんなに深刻そうではなかったです」

「そうですか。では、夜中に散歩に出かける習慣はありましたか」

萌絵は首を横に振る。

「そうですか。平日の二十四時頃に、あの場所で転落するのはおかしいですね。スーツ姿で、仕事の帰りということでしたが、あの場所はそもそも回り道ですよね。それと……」

「あの」

伏見の声を遮った萌絵は、震える唇を動かす。

「……夫は、仕事の関係で殺されたんでしょうか」

「まだ、断定はできません」伏見はかぶりを振る。

「ただ、自殺することで得られる効用と、生き続けることで得られる効用を飯田功さんに当てはめた場合、現状では後者が圧倒的に高いのです」

「……効用、ですか」

「経済学で、満足度の度合いを示す言葉です」

伏見の説明を聞いた萌絵は、余計に理解できないと言いたげに怪訝な表情になった。

「現状では、功さんが他殺だという証拠は得られていません。ですが、自殺ではないと思った理由ならあります。先ほども言いましたが、マカオから帰国して二日後に、あなたとお子さんを残して自殺するのは違和感があるのです」

その言葉を聞いた萌絵は、堤防が決壊したかのように突然泣き出した。

花琳は、伏見に対して怒りを覚える。あまりに配慮が足りないと感じ、窘めようと口を開くが、先に声を発したのは萌絵だった。

「……警察は自殺だと言っていますが、私には信じられません」

「納得のいく説明ではなかったということですね」

質問に対し、萌絵が頷く。

「……私は本当のことを、知りたいんです」

頭を下げた萌絵の肩が震えている。

「わかりました」淡々と言った伏見は、わずかに上体を前に倒す。

「一つ、お借りしたいものがあります」

「……なんでしょうか」

赤くなった目を擦った萌絵は、かすれ声で訊ねる。

「功さんが使用していたＩＣカードをお借りできますか」

「ＩＣカード？」

「そうです。駅で使用する公共交通機関共通乗車カードです」

萌絵は首を傾げる。

「電車に乗るときに改札にかざすものです」

「あぁ……分かりました」

ようやく理解した萌絵は、立ち上がってリビングから消え、しばらくして戻ってきたときには、手にカードを持っていた。

「もし、なにか思い出したら、こちらにご連絡ください。ご協力、ありがとうございます」

ＩＣカードを受け取った伏見は、代わりに名刺を差し出してから立ち上がり、軽く頭を下げて玄関に向かっていってしまった。

あまりに唐突だったので、花琳は口をポカンと開ける。

「お、お邪魔しました。ご自愛ください」

頭を下げ、急いで伏見を追おうとした。

その時、ソファーの前にいた子供が笑い声を上げた。立ち上がり、手に持っているミニカーを振っている。

花琳は歯を食いしばる。

こんなにも可愛らしい子供を残して自殺するなんて、にわかには信じがたかった。

マンションのエントランスで、ようやく伏見に追いついた。

「どうして先に行ってしまうんですか」

花琳の非難に、伏見は他人事のような表情をする。

「用事は終わりましたから」

「でも、あんなに急に帰らなくてもいいじゃないですか」

「僕は、さよならを言うのが苦手なのです」

伏見は、自動ドアを抜ける。

花琳は口を歪めた。よく分からない理由を、さも当然のように言う伏見に苛立ちを覚えた。

「伏見さんは、遺族の方に対して配慮する気持ちはないんですか」

伏見は首を傾げる。

「配慮ですか？　いつも細心の注意を払っているつもりですが」

「冗談ですよね？　さっきだって、奥さんと子供を残して自殺するなんて考えられないというようなことを言っていたじゃないですか。他殺じゃなかったら、奥さんを苦しめるだけの発言に思えます。夫を亡くしている相手に対して、もっと気を遣ったほうがいいんじゃないですか」

腹の虫がおさまらない花琳は、強い口調で責め立てる。

しかし、伏見は顔色を少しも変えない。相変わらずの無表情だった。

「そうかもしれません」

「そうに決まっていますよ！」

「でも、慰めたところで、旦那さんは戻ってきませんから」

真っ直ぐにこちらを見てくる伏見に、花琳は凄味を感じてたじろぐ。

「僕の兄は、ずっと前に死にました。警察は自殺と断定しています。でも、僕にはそれがどうしても信じられなかったのです。他殺を疑う根拠はありませんでしたが、反対に、自殺だと決めつける証拠もありませんでした。いろいろと聞いてみたものの、結局、自殺だという明確な理由を警察は提示してくれませんでした」いつもの、感情の読み取れない声で続ける。

「僕はそのとき、誰かに慰められたいとは考えませんでした。ひたすらに、真実が知りたかったのです。取り残された人間は、どうして自分を残して逝ってしまったのか。その理由が知りたいのです。萌絵さんも、同じ思いだと思います。死んだ人は戻ってきませんん。真実を明らかにすることは、死んでいった人間への誠意なのです」

口を開けた花琳は、言い返すことができなかった。それが腹立たしい。

「隠された真実を暴くのは、必ず痛みを伴いますから」

伏見は歩みを止め、ちらりと花琳の方を見てから、急に方向転換をする。

「駅はあっちですよ！」

「ちょっと、寄りたいところがあります」

そう言った伏見は歩み続ける。

「どこに……」

口を開いたが、すぐに閉じて、大きなため息を吐く。

ケーキ屋に入っていく伏見を見た花琳は、帰ってしまいたい衝動をどうにか堪え、可愛らしい外観のケーキ屋に向かって歩を進めた。

こぢんまりとした店内は、甘い匂いに満ちていた。この場にいるだけで胃もたれしそうだ。

すでに着席している伏見は、メニューを眺めている。

「花琳さんは、甘いものが苦手でしたね」

「そうですね」

つっけんどんに返答してから、軽い頭痛を感じた。この男と一緒にいると疲弊する。

「では、辛いのはどうですか。カレーもあるようですよ」

伏見がメニューを渡してくる。それを受け取ったと同時に店員を呼んだ伏見は、フルーツタルトとショートケーキ、そしてコーヒーを注文する。選んでいる暇のなかった花琳は、お腹が空いているわけではなかったが、ビーフカレーを頼んでしまった。

「子供がお好きなのですか」

店員が去ってから、伏見が唐突に質問してきた。

「……どうして、そんなことを聞くんですか」

不審に思った花琳が訊ねる。

「飯田功の息子を見て微笑んでいたので」

伏見はテーブルの上に置いてある角砂糖の入った小瓶を見ながら答える。

花琳は、意外に観察しているんだなと感心しつつ頷く。

「好きですよ」

「僕は苦手です」

小瓶から視線を外した伏見は、両手をテーブルに載せた。

「どうしてですか。自分だって、子供だったときがあるじゃないですか」

「別に、騒ぐから嫌いというわけではありません。人並みには、愛らしいと思う気持ちは持ち合わせているつもりです」

「それなら、どうしてですか」

「なんとなくです」

よく分からない男だ。経済学の専門家だから、合理的に説明すると思ったのに、曖昧な返答をする。ちぐはぐな感じがした。

これ以上追及しても無駄だと思ったし、そもそも、それほど興味がなかったので、視線を窓の外に向けてから先ほどの会話を思い起こす。

子供を残して自殺するはずがない。

伏見の主張には一定の説得力はある。しかし、他殺と考える根拠としては乏しい。

「飯田功の死について、誤ってガードレールを乗り越えて落下したとは考えられませんか」

花琳が問うと、伏見は首を横に振る。

「考えにくいです。遺体からはアルコールや薬物の検出はされていませんし、ガードレールは、不注意で落下してしまうような低さではありません」

「遺書は、本物なんでしょうか」

「どうでしょうか。警察がコピーしていたものの筆跡鑑定を依頼しましたが、協力は得られず、遺書を見せてもくれませんでした」

「やっぱり自殺の可能性が高いんじゃないですか」

「いえ、他殺です」

花琳の言葉に、店員が運んできたケーキを受け取りつつ伏見は答える。他殺、という言葉を聞いて店員が驚いた顔をしていた。

「でも、日本の警察が捜査して、不審な点がないと判断したんですよね。この状況ならば、警察も初動の時点で殺人の線を捜査するんじゃないですか」

伏見は頭を少しだけ左に傾ける。

「日本の警察は、他殺の可能性を発見しない限り、捜査はしません。これは、心情的には疑わしくとも、自殺や事故死で処理してしまうということです。また、この状況は自殺だと経験重視で判断することがありますが、これはとても危険なことで、犯人を逃がしてしまう原因になります。だから僕は、経済学という理論を当てはめて、客観視するのです」

また経済学という言葉が出てきた。花琳はうんざりする。

「本当に、経済学が事件の捜査に有効なんですか？　たしかに、この前聞いた講演会では、なんとなく経済学が使えそうだとは思いましたけど」

素直な気持ちを吐露する。日本にいる間、目の前の男と行動を共にするのだ。同行が無駄だと判断したら、好き勝手に行動してしまおうと考えていたが、得られるものがあれば学ぶつもりではいた。

伏見はすでにフルーツタルトを食べ終わり、ショートケーキに移ろうとしていた。

「僕は、経済学で事件を解決するためにアメリカの大学で学びました。ただ、僕の方法では、すべての殺人の内の三〇パーセントしか解決できません」

「……三〇パーセント」

眉間に皺を寄せた花琳が呟く。

伏見はショートケーキに名残惜しそうな視線を向けたあと、フォークを置いてから花琳を見る。

「殺人事件は、大きく分けて合理的殺人と感情的殺人に分かれます。アメリカの統計では、全殺人事件のうち、合理的殺人は三〇パーセントとなっています。これは、犯罪がアメリカ化している日本にも当てはまると思っています。ちなみに合理的殺人は、なんらかの利益を上げるために、計画的におこなわれる殺人で、なおかつ捕まらないための工作をします。反対に、感情的殺人というのは、衝動的で無計画な殺人で、逮捕されないための工作をしないか、その場で咄嗟にするのが特徴です」

抑揚のない伏見の話を聞いて、花琳は首を傾げる。

「……感情的ってのは、なんとなく分かります。でも、合理的殺人っていうのが、いまいち理解できません」

「そうですか。では、『ライベンシュタイン・モデル』で説明しましょう」伏見は単調な声を出す。

「適切な例かは別にして、花琳さんは、子供が欲しいですか」

突然の質問に困惑し、同時に、失礼だと思う。

「なんで、そんなことを答えなければいけないんですか」

反感を込めて言うと、伏見は不思議そうに首を傾げた。

「説明するためです。それ以外にありません」

断定的な言葉に、花琳は馬鹿らしくなる。そして、いちいち伏見の言動を気にするのは止めようと心に決めた。

「欲しいです」

「そうですか。では、子供がいることによる効用と不効用について説明します。まず、効用ですが、消費効用と所得効用と保障効用があり、反対に、不効用には、直接費用や機会費用があります」

「は?」

花琳は思わず聞き返す。なにを言っているのか分からなかった。

「では、順を追って説明します。効用の中の、消費効用とは、単純に子供を持つことによる満足です。所得効用は、労働力としての効用。保障効用は、老後などに自分たちの世話をしてくれるという生活保障です。分かりますか」

伏見は、まるでものの価値を見定めるような、慎重な視線を向けてくる。

「……なんとか」

「続けます」伏見は再び説明を始める。

「次に、不効用です、直接費用というのは、子育てにかかる養育費。機会費用というのは、子供がいることによって制約されるものを指します。仕事ができないため、所得獲得の機会を失ってしまうことも、これに当てはまります。もともと、ライベンシュタインという人物は、経済発展と人口成長の相互関係を解明する目的から、出生力の一般的行動モデルを提起するためにこのような……」

「ちょ、ちょっと待ってください！」

こめかみに手を当てた花琳が遮る。

「……言っている意味は理解できます。つまり、経済学的に、子供を持つことのメリットとデメリットを考えて、出生率減少などの理由を明らかにしようとしているんですよね」

「素晴らしい理解力です」

伏見は眠そうな目のまま言う。

花琳は辟易する。褒められたのに、貶された気分だった。

「……理解はできましたが、人って、そんなことを考えて子供を産むんでしょうか」

「しっかりと計算する人はほとんどいないでしょうね」

あっさりと認めた伏見は、視線をテーブルに落とす。いや、正確に言えば、テーブルの上にあるショートケーキを見ていた。

「でも、無意識下では大雑把に計算しているはずです。経済的に子供を育てる余裕があるかとか、仕事と育児を天秤にかけたりとか。事前にそういった考え方をするのを合理的と呼び、反対に、後先考えずに子供をつくるのを感情的と表現できます」

「でも、それが殺人となんの関係が……」

言いかけて止める。なんとなく、言いたいことが分かった気がした。

伏見はフォークを手に持った。

「合理的殺人を犯す犯人は、なにも関数を使って計算しているわけではなく、主観的な損得勘定を頭の中で考えた上で方法を検討し、実行していることが多いのです。人を殺すのは、その人間が消えることによって犯人が得をするからです。ただ、殺人を犯してから、一番気をつけなければならないのは、逮捕されることとです。だから犯人は、逮捕されないために入念に計画を立てます。計画は、当然警察に捕まらないためのものです。その合理的な部分を、経済学的に解き明かすのです。そのような犯罪が全殺人の内の三〇パーセントであり、そこに、経済学が有効なのです」

狐に抓まれたような気分がした花琳だったが、納得できる部分もあった。

「それなら、今回の飯田功の自殺は、合理的殺人ということなんですか」

「まだ分かりません。ですが、合理的殺人を犯すビジネスライクな殺人者は、逮捕されないために、プロの殺し屋に依頼するか、自殺や事故死に見せかけることが多いのです。今回は、自殺に偽装しているのかもしれません」

伏見が言い終わったところで、カレーが運ばれてきた。

頭を使ったので、急激にお腹が空いた。

その後は無言で、伏見はショートケーキを、花琳はビーフカレーを頬張った。

2

数日の間、花琳はほったらかしにされた。いや、正確に言えば、頻繁にマカオに行っていた奥西建設の飯田功が、現地でどんな行動を取っていたか調べてほしいと頼まれていた。

ずいぶんと漠然とした指示だと思いつつも、花琳は行動に移すことにする。しかし、日本にいる花琳ができることは限られているので、中華人民共和国公安部の同僚に調査を依頼しておいた。

手持ち無沙汰になった花琳は、参事官の持田警視正に面会を求めるため、執務室に向かった。

扉をノックして中に入ると、持田は机の前に座り、人懐こい笑みを浮かべている。

「お忙しいところ、失礼いたします」

「伏見くんと同行するのに疲れてしまった。そういう報告かな」

「いえ……」

先手を打たれ、花琳は口ごもる。

「それはよかった」

安心したような声を出した持田は、ソファーに座るように勧め、自らも反対側に腰を下ろした。

「ちょうど、次の会議まで時間があるんだ」持田は掌(てのひら)をこすり合わせる。

「学生時代、留学していたと聞いたよ」

「はい」

「どうしてまた、日本に？」

「日本について勉強したかったからです」

「たしか、中国では建築を学んでいたんだっけ」

花琳は頷く。

「日本の建築に魅せられて留学を決意しました」

この国が好きかと問われれば、素直に頷くことはできない。しかし、日本の建築には心から感動を覚える。特に、古代建築から近世建築は、見ていて惚れ惚れするものだった。

「建築を学んだのに、刑事になったんだね」

「はい。建築の知識があるからこそ、今回の調査に選任されたんです」花琳は本題に入る。

「人事交流という形で、こうして紛れ込ませていただき、感謝しております」

「私はなにもしていないよ」持田はかぶりを振る。

「上層部同士の決定に、僕が手足となって動いただけだからさ」

その言葉に嘘はないだろう。

今回の人事交流に選ばれたのは、花琳だけではない。中華人民共和国公安部の刑事警察から四人が日本に来ていて、同数の日本人刑事が中国に渡っている。この八人は、いわば正規の人事交流メンバーであり、花琳はイレギュラーの人員だった。特命を受け、あることを調べるために期限つきで日本での調査を認められている。

「まぁ、調査している内容が本当だったら、対岸の火事ではすまないからね」微かに眉をひそめた持田は手を組む。

「それに、ちょうど伏見くんが奥西建設の社員の自殺を再捜査すると言っていたから、今回の人事交流の話をしたんだ。そしたら、ぜひペアを組ませてほしいということになってね。なんでもマカオへの渡航を不審に思っているらしい。彼に海外出張の予算をあてがうことはできないから、現地のことに詳しい人を必要としていたみたいだよ」

「じつは、その件で……」

「あ、もちろん、君が日本で調べものをしていることは伏見くんに漏らしていないから、安心してね」

「そうじゃないんです」

不穏な空気を察したのか、持田は片方の眉を上げる。

「私に、独自に捜査をさせていただけませんでしょうか」

花琳が言うと、持田は柔らかい笑みを浮かべる。

「伏見くんに振り回されて疲れたかな？」

思わず頷いてしまいそうになり、慌てて口を開く。

「私が追っているのは、島中建設です。伏見さんが追っている奥西建設ではありません」

島中建設は、日本での業績は悪化しているものの、中国に進出し、威勢を振るっている建設会社だった。

「島中建設の主要取引先に奥西建設があるから、的外れ（まとはず）れというわけではないと思うけど」

「私に与えられた時間は少ししかありません」

油を売っている暇はない。すぐにでも島中建設の本社に乗り込みたかった。しかし、自由に動き回る権限を持っているわけではないので、もどかしく思う。

腕を組んだ持田は、小さな唸（うな）り声を上げる。

「個人的な意見だけれど、闇雲（やみくも）に島中建設を探るよりも、伏見くんに同行するのがいいと思うよ」

「しかし、私はべつに経済学での捜査手法を学びに来たわけでは……」

「彼の事件の追い方を知って損はないよ。彼は、幅広く情報収集をして、経済学的視点で取捨選択をしていくんだ。その中に、きっと花琳さんのためになる情報があるはずだよ」

持田は笑みを崩さずに言う。その声には、有無を言わさぬ迫力があった。

歯がみした花琳は、両手の拳を握りながら頷く。

「……分かりました」

持田は、いつもの人当たりのいい表情に戻る。

「それはよかった。彼、いろいろなものを巻き込むのが得意だから、きっといい結果になるよ。それで、肝心の伏見くんは今どこに？」

訊ねられたその時、着信音が部屋に鳴り響く。

ディスプレイを見る。そこに、伏見の文字が表示されていた。

電話で呼び出された花琳は、地下二階の資料庫に向かった。

扉を開けると、伏見はソファーに正座して、考え込むように沈黙している。その端正な横顔に、思わず見とれてしまった。

やがて、花琳に気づいた伏見は、ゆっくりとこちらに顔を向ける。相変わらず眠そうな目をしていた。

「マカオに行った奥西建設の社員について、なにか分かりましたか」

「同僚に聞いていますが、まだ連絡はありません」

そんなにすぐに情報を収集できるわけがないと反論したい気持ちを抑える。

「そうですか」

一瞬落胆したような表情を見せた伏見は、ソファーの前に揃えていた靴を履いて立ち上がった。

「では、とりあえず行きましょう」

「……どこにですか」

「飯田功が勤めていた奥西建設ですよ」

当然であるかのように言った伏見はジャケットを羽織り、資料庫を出た。


電車に乗り、新宿にある奥西建設の本社ビルに到着した伏見は、飯田功の件について聞きたいと受付に座る女性に告げる。

警察手帳を見て、一瞬困惑したような表情を浮かべた女性は、頷きつつ固定電話に手を伸ばした。

「アポイントメントは取らなかったんですか」

「面倒でしたので」

そういう問題かと花琳は思いつつ、内装に視線を向ける。床は大理石で、天井には目映(まばゆ)いばかりの照明がつけられていた。ホテルのロビーを彷彿とさせる絢爛(けんらん)さだった。

「すぐに担当者が参りますので、あちらでお待ちください」

受付の女性が言い、右側を手で示す。

伏見は軽く頭を下げたあと、待合スペースのソファーに腰を下ろした。

隣に座った花琳は、伏見の行動の意図が理解できなかった。

いったい、なにを聞きにきたのだろうか。

「あの……」

花琳が口を開いたのを見計らったかのように、四十がらみの男が現れる。

「お待たせしました」

そう言った男は、ロビーの奥にある個室に花琳たちを案内した。シンプルな会議室といった印象を受ける部屋には、絵画がいくつか並んでいる。

「どういったご用件でしょうか」

名刺を交わして着席した男が手を組んで訊ねる。

『法務部　コンプライアンス課　課長　及川尊（おいかわたける）』

名刺に書かれた文字を読んだ花琳は、及川の容姿を観察する。短く刈り込まれた髪と色黒の肌。引き締まった体軀（たいく）が、今もなにかのスポーツをしていることを窺（うかが）わせた。

「営業一課に所属していた飯田功さんのことについて、少しお聞きしたいことがあります」

「なんでしょう」

「この会社で問題を起こしたりしませんでしたか」

「……伏見、さんですか」及川はテーブルの上に置いた伏見の名刺に視線を落として言った。

「その質問の意図を教えていただけないでしょうか」

「飯田功さんは自殺ということになっていますが、僕はそれに疑問を抱いています」

及川は、納得のいかないような顔をする。

「自殺ではない、ということでしょうか」

「はい。他殺だと考えています」

歯に衣着せぬ言い方に、花琳は目を丸くする。それは、及川も同様のようだった。

「……いったい、どうして他殺だと考えているんでしょうか」

「それは言えません」

即答した伏見は、少しだけ身を乗り出す。

「ただ、飯田功さんの死が、マカオへの出張と関係しているのではないかと考えています」

その言葉を聞いた及川の表情は変わらなかったが、頑強そうな顎に力がこもったのは分かった。

「ちなみに、マカオへはなにをしに行ったのでしょうか。調べた限りでは、成田からマカオに行って二泊し、香港に一泊してから帰国していますね。飯田功さんは、だいたい二ヵ月に一度のペースで、こうした渡航をしていたようです」

「仕事ですよ」すぐに及川は反応する。

「最近は香港での取引も多いですから、シェア拡大の意味でも自然と海外出張は多くなります。最近では、香港で島中建設と多くの……」

「島中建設と一緒に仕事をしているんですか」

咄嗟に花琳は口にする。

虚を突かれたように目を見開いた及川は、口元に手を当てて、軽く咳払いをする。

「もちろんですよ。島中建設は、中国全土で事業をしていますし、われわれも協力させていただいています」

具体的な内容を聞こうとして口を開くが、自分が先走っていると気づいて、寸前で押しとどめる。

「……そうですか。ありがとうございます」

花琳は礼を述べてから口を閉じた。

不思議そうな視線を向けてきていた伏見だったが、再び及川の方に顔を向ける。

「マカオには、飯田功さんのほかにも数名の社員で行っていますね」

「はい」

「その方たちは、最近、亡くなったりしていますか」

「なっ……」

驚いた表情になった及川は、やがて不快感を露にした。

「そんなわけないでしょう」非難めいた口調で続ける。

「そもそも、飯田功さんの自殺と、わが社とは無関係ですから。それに、自殺と判断したのは警察なんですよね？　どうして今さら捜査に来るんでしょうか。なにか不審な点でも見つかったんですか」

「お答えできません」

伏見はきっぱりと言い、立ち上がって頭を下げる。

「ありがとうございます。また必要になりましたら、伺います。もし、なにか思い出しましたら、名刺の番号にご連絡ください」

その言葉を残して、個室から出ていってしまう。

「……なんなんですか」

当惑した様子の及川は、花琳に同意を求めるような目を向けてくる。

「なんなんでしょうね」

こっちが聞きたいと思いつつ、今の会話の意義が理解できなかった。ただ自分の考えを一方的に告げるだけで去っていった気がしてならなかった。

こんなものは、捜査ではない。

「私からもお聞きしたいことがあります」

自然と口が動いていた。

「……えぇ、どうぞ」

「飯田功さんは仕事上で、なにかトラブルに巻き込まれたというようなことはありませんでしたか」

「トラブル、ですか」

及川は顎に手を当てる。

「コンプライアンス課でしたら、そういった情報が入ってくると思うのですが」

花琳は追撃する。及川はしばらく唸った後、首を横に振った。

「たしかに私が所属する部署には、トラブルや不祥事の情報が入ってきます。ですが、彼に関して言えば、そんなこととは無縁でしたね。過度な長時間労働もありませんでしたし、いつも元気でしたよ」

親しみのある声だと気づく。

「その言い方だと、お知り合いのようですね」

花琳の問いに、及川はわずかに動揺したようだった。

「知り合いではありません。ただ、彼は営業として非常に優秀でしたから、社内では有名だったんです」

やや声が震えているが、嘘を言っているのかどうかまでは判断できなかった。

「では、お知り合いではない。そう断言できるんですね。今後捜査していく上で虚偽だと判明した場合は、不利な立場に置かれますよ」

揺さぶりをかける。捜査をする場合、だれが事件に関わっているのかは手探りだ。だからこそ、会った人物に揺さぶりをかけ、矛盾が生じたらそこを突くのだ。

「……会話をしたことはありますが、知り合いというほどではありません。もちろん、彼が自殺したのか、それとも他殺だったのかは知る由もありません」

「そうですか。ありがとうございます」

なんとなく引っ掛かりを覚えたが、今の自分の立場をわきまえて、これ以上訊ねるのは止める。

もう一度礼を言い、花琳は伏見の後を追った。

ビルを出たところで、伏見が一人の男と対峙していた。

爬虫類に似た男は、目を皿のように大きく見開いている。一度、警視庁本庁舎で会ったことがある。たしか、捜査二課の城山だ。

「……どうして、ここにいるんだ」

動揺を抑えられないらしく、声が震えている。

「奥西建設に用事がありまして」

「……なんの用だ」

「ある社員のことについて調べています」

「それはいったい……」言いかけた城山は、思い直したように首を横に振る。

「あとでゆっくり聞かせてもらう。また連絡するからな」

そう言い残すと、奥西建設のビルに入っていってしまった。

「なにかありそうですね」

城山の背中を見つめながら、伏見は呟く。

「城山さんって人、捜査二課ですよね。だったら、経済事件じゃないですか」

「日本の警察のこと、よく知っていますね。人事交流に選ばれるだけあります」

伏見が素っ気ない声で、感心したような言葉を発する。

「それって、褒めているんですか」

馬鹿にされているように聞こえた花琳が訊ねると、伏見はすぐに頷いた。

「当然です。なぜ、そんなことを聞くのでしょうか」

「……いえ、なんでもないです」

ため息交じりに言う。伏見の表情がほとんど一定だったので、真意を読み取ることができなかった。

「それより、いったいここには、なにを聞きにきたんですか」

奥西建設から遠ざかりながら花琳が訊ねる。及川との会話を思い出しても、目的がなんなのかが分からなかった。

「『注意の焦点化効果』です」伏見は歩きながら呟く。

「人が物事を判断する時、提示された刺激をいち早く検出してから意味を捉えようとします。その際に、ある特定の部分に集中してしまうと、そのほかの要素に注意が向かなくなるのです。言い換えれば、ある部分に注意を払うように誘導されると、人は、そのことだけで判断したり行動してしまったりするのです。日本では振り込め詐欺が多発していますが、これも、注意の焦点化効果を狙ったものです。自分の子供に大変なことが起こっているという一点に注目してしまい、冷静な判断ができないのです。これは、アンカリング効果に近いですね」

一度言葉を区切った伏見は、花琳の顔を一瞥した。

「とくに、時間的な制限が加わった場合、それが圧力になって、より判断を誤りやすくなります。日本の警察が、死因や犯人を誤ってしまうのは、時間的な制限といった外的要因が多くあると僕は考えています」

「……それと、今回の面談がどう関係するんでしょうか」

その質問に、伏見は首を傾げる。どうして分からないのかを不思議がっている様子だった。

「奥西建設の飯田功は、自殺ということになっています。言い換えれば、自殺という焦点が定まってしまい、ほかの要素に注意を払えない状態になっている可能性が高いのです」

「……それって、現在の焦点を外すために、新たに他殺という焦点を与えたということですか」

飯田功の妻である萌絵に対しておこなったことと、同じことをしているのかと花琳は思った。

伏見は首肯(しゅこう)する。

「そのとおりです。もしかしたら、今まで見落としていた情報に気づいて、それを教えてくれるかもしれません。また、先ほど会った及川という男がどう判断するかは別として、突然会社に刑事がきて、自殺した社員は他殺の可能性があると言ったなら、情報は必ず上層部に届きます。その過程で、話が漏れて社内に広がるでしょう。その中の誰かが、他殺を裏づける証言を持っていて、運よく連絡がくるかもしれません。僕の聞き込みは、情報収集をして効用を得た人物を捜し出すと同時に、いろいろな種を蒔く意味を持つのです」

伏見は一定のペースで歩きながら言う。

理に適っている、ような気がした。

伏見は、非合理的な人間の行動を理解した上で、それを上手く使っているのかもしれない。

横を歩く伏見を観察する。

猫背で覇気がなく、どう見ても仕事ができるタイプではない。でもそれは、カモフラージュとしての焦点なのかもしれないと思った。

「誰もが、この効果のトラップに陥っています。お金を持っているほど幸福だと考えてしまうのは、ただの思い込みです。お金が幸福に及ぼす影響を、大きく見積もりすぎてはいけません」

窘められているような気がして、いい気はしなかった。しかし、妙に納得できる部分もあったのは確かだ。

駅に近づくにつれて、人の量も増えていく。道沿いにはさまざまな店が建ち並び、購買意欲を掻きたてようとライトアップされている。

「それはそうと」

人混みを上手く掻き分けている伏見が言う。花琳は隣に並んでいたが、人とぶつかるのを避けるため、やむなく伏見の背後に回った。

「先ほどの面会で、島中建設という社名が出てきましたが、興味があるのでしょうか」

「……そうですね」花琳は動揺を押し隠して頷いた。

「学生のときに、建築について学んでいたので」

「それで、島中建設に関心があるのですか」

「最近、中国で業績を伸ばしていますからね」

沈黙。後ろにいるため、伏見の表情は見えない。なにか勘づいたのだろうか。

「そうですか」

伏見はあっさりと言い、それ以上は追及してこなかった。

胸を撫で下ろした花琳は、小さくため息をつく。

島中建設の件は、まだ内偵調査段階だ。だからこそ、人事交流という隠れ蓑(みの)を使い、日本の建設業界の状況を把握しようとしているのだ。

改札を抜けた伏見は、壁際で一度立ち止まり、スマートフォンに視線を落としていたが、やがて顔を上げて花琳を見る。

「そろそろ電車がきますので、急ぎましょう」

そう言って歩き始める。

「どこに行くんですか」

花琳が問うと、伏見は顔を少し曲げて花琳を見た。

「島中建設の本社です」

「え？」

予想外の言葉に、花琳は目を瞬かせる。

「なにか聞きたいことがあるのでしょう。それなら、行ってみるのが一番ですよ」

伏見は歩き続ける。

一瞬頭が真っ白になった花琳は、その提案を阻止するために必死になった。

四章　特捜部

　奥西建設の橋本と連絡が取れなくなってから数日後。城山は奥西建設に直接行くことにした。昨日一日、定期的に電話をかけたが繋がらない状態が続いていた。どうやら、携帯電話の電源が入っていないようだった。社宅で一人暮らしの橋本は固定電話を持っていない。ほかに連絡手段がなかった。

　まさかとは思いつつ、最悪の状況を想定して焦りを覚える。

　新宿駅で降り、人の波を掻き分けて進む。やがて、奥西建設の本社に到着すると、意外な人物に遭遇した。

「……伏見」

　苦々しく呟くと、目の合った伏見がこちらに向かってくる。

「こんなところで、どうしたのですか」

「それはこっちのセリフだ。どうして、ここにいるんだ」

「奥西建設に用事がありまして」

淡々とした声で喋(しゃべ)る伏見を苦々しく思う。もしかしたら、同じヤマを追っているのかもしれないという危惧(きぐ)が胸中で肥大する。

「……なんの用だ」

「ある社員のことについて調べています」

「それはいったい……」

言いかけて止める。呑気(のんき)に立ち話をしている時間はなかった。

「あとでゆっくり聞かせてもらう。また連絡するからな」

今度じっくり尋問してやると思いつつ、奥西建設のビルに入っていく。

煌(きら)びやかなロビーに視線を走らせたあと、受付に向かう。

「少しお聞きしたいことがあります」

そう言って警察手帳を出す。すると、受付に座る女性は鳩(はと)が豆鉄砲を食ったような顔になる。

「あの……先ほどの方とは……」

「別件でしょう」

立て続けに警察がきたことで動揺したのだと察した城山が声を遮(さえぎ)る。

「営業三課の橋本広嗣さんに会いにきました」

まさか伏見も橋本を訪ねてきたのではないだろうかと考えつつ言う。

「少々、お待ちください」

動揺した様子の女性は、受話器を耳に当てた。

「あの、橋本さんはいらっしゃいますか」

女性の声は小声だが、ここからでも聞き取れた。

「……え、はい。分かりました」

保留ボタンを押して受話器を置いた女性の視線が、こちらに向けられる。

「申しわけございません。橋本は、ただいま不在とのことです」

「どうしても、連絡したいことがあるんです。なんとか連絡を取れないでしょうか。もしすぐにご対応いただけないのでしたら、こちらにも考えがあります」

声を荒らげたい衝動を抑えて言う。

「か、かしこまりました」

女性は自分が脅されているかのように顔を青くして、再び受話器に話し始めた。城山の言ったままの内容を電話越しの相手に伝えて、何度か頷いた後に受話器を置く。

「た、ただいま状況が分かる者が参りますので、あちらでお待ちください」

ソファーのある方向をちらりと見た城山は、首を横に振った。

「いや、ここでいい」

困り顔になった受付の女性をよそに、立って待っていることにする。

数人の来客があったので、城山は端に寄る。ジャケットに、見覚えのある建設会社の社章が付けられていた。業界最大手の会社だ。

「お待たせしました」

やがて、男が姿を現し、一階にある応接室のような個室に案内される。

「先ほども警察の方が来られましたが……」

警戒した様子の男は、落ち着いた声で言った。名刺を見ると、コンプライアンス課の及川尊と書かれてあった。

「私とは無関係でしょう」そう言った城山は、極力平静を装った。

「ちなみに、先ほどここに来た伏見という男は、なにをしに来たんでしょうか」

「えっと……それは……」

及川が言葉を濁すので、城山は苛立ちを覚えた。

「私は、橋本広嗣さんに面会しようとここに来ました。あの男も同じ目的でしたか」

逡巡した様子の及川は、苦しそうにネクタイの結び目に手を当てた。

「先ほど来られた方は、別の件でした」

「そうですか」

城山はその回答に内心安堵する。しかし、伏見は奥西建設でいったいなにを捜査しているのだろうか。ここで聞き出すことも考えたが、目の前の男から聞くよりも、当の本人に吐かせたほうが正確だろう。

「私がこうして伺ったのはですね、橋本さんが休みを取っているのが本当かどうかを確かめるためです」

「……失礼ですが、ご用件はなんでしょうか」

「あぁ、そうでしたね」面倒な奴だと思いつつ、城山は顔に出さないように努める。

「一昨日(おととい)の未明に、橋本さんの親戚の家が荒らされていたんです。幸い、家人が不在の時だったんですが、単なる物取りではない可能性が浮上しまして。それで、橋本さんにお話を聞きたいと思った次第です」

嘘を並べ立てる。談合について情報提供をしてもらおうとしていたなどとは口が裂けても言えなかった。

「そうですか」及川は、疑うような視線を向けてくる。

「そんなことで、わざわざ警察の方が来られるんですね」

「たまたま近くに立ち寄ったもので。それで橋本さんは、いつまで休みなのでしょうか」

「それが……」

及川は言い淀んで視線を落とした。

「なにかあったんですか」

訊ねるが、及川は口を開こうとはしなかった。自分の判断で喋ってしまって良いものかと迷っているようにも見える。

「別に無理に言わなくても結構ですよ。及川さんよりも上の立場の方に聞くだけですから」

「そ、それは困ります」及川は慌てた声を出す。

「……橋本は、無断欠勤をしています」

「え」思わず声が漏れる。

「本当ですか」

及川は頷く。

「今さっき、橋本の上司に確認したので間違いありません。数日前から、連絡が取れないようです」

「家で倒れているということはないですか」

「ありません。橋本は社宅に住んでいて、万が一のことがあってはいけないと、会社で保管している合鍵を使って家に入ったんですけど、姿はありませんでした」

「……そうですか」

　頭に痺れを覚える。いったい、橋本の身になにが起きたのか。

「あの……」及川が不安そうな面持ちで声を出す。

「橋本は、なにか事件に巻き込まれたんでしょうか」

「……警察では、そういったことは把握していません」

　城山はやっとの思いで言ってから立ち上がり、奥西建設の本社ビルを後にする。

　新宿の街を歩きながら、思考を巡らせる。

　KGリサーチが談合を取りまとめている役割を担っているのではないかという話をした数日後に、橋本は失踪した。

　誰かに狙われ、身を隠したのか。

　楽観的な考えが浮かんだが、すぐに打ち消す。

　もしそうならば、なんらかの方法で連絡を寄越すはずだ。それすらもできないほど切迫した状況か、もしくは、連絡を取りたくない理由でもあるのか。

嫌な汗が背中を湿らせ、ワイシャツが肌に張り付く。

もう一つの考えがよぎったが、首を横に振った。しかし、それが頭から離れなくなってしまった。

何者かに殺された。

必死になってその可能性を否定しようとするが、上手くいかない。

その時、胸ポケットに入れている携帯電話の着信音が鳴った。

橋本かもしれないと思い、すぐに確認する。

ディスプレイには、検事である神津佳正（かみつよしまさ）の名前が表示されていた。立ち止まり、通話ボタンを押す。

「もしもし」

〈あ、城山さんですか〉

底抜けに明るい声。

「どうしたんですか」

携帯電話を耳から少し離した。いつもどおり、声が大きい。

〈二課に電話をしたら、城山さんが外回りをしているってことだったので、こちらに掛けました。もしかして、お食事中でしたか？ いつも間が悪いって言われるので、

携帯には極力電話しないようにしているんですけど〉

「……いえ、大丈夫です。それで、なんのご用でしょうか」

あまりいい話ではないなと見当をつけつつ訊ねる。

〈城山さん、KGリサーチを探っているんですよね〉

屈託のない声に、城山は顔を歪めた。

「……そうです」

〈なにか摑めましたか〉

「摑めた、というのは？」

〈はぐらかさないでくださいよ。談合の捜査をしているんでしょ？〉

明るく言う神津の顔を想像する。おそらく、笑みを浮かべているだろう。

城山は唾を飲み込んでから口を開く。

「たしかに捜査中です。ですが、まだ報告するような段階ではありませんので」

〈進捗はいいとして、これからちょっと来てくれませんかね。私の部屋で会って話しましょう〉

電話口の向こうの声は明るいままだ。それにもかかわらず強引さを感じた。いつもどおり、検事様ってやつだ。

「分かりました」断れるはずがない。

「三十分以内には到着できると思います」

〈よかった。じゃあ、お茶を用意して待ってますので〉

そう言ってから電話が切れる。

城山は口を歪めて歩き出した。心持ち、アスファルトを踏む力を強める。

悪態をつきたい衝動を堪え、霞が関に向かった。

東京メトロ丸ノ内線に乗り、霞ケ関駅に降り立った城山は、そびえ立つ中央合同庁舎に入り、エレベーターで十五階に上がった。

廊下を歩き、神津の部屋の扉をノックした。

「どうぞー」

明るく、大きな声。まるで隣にいるかのような錯覚を覚えた。

部屋に入ると机が三台ある。三人の検事がいる相部屋だったが、今は神津一人のようだった。

窓からは西日が差し込み、神津の背後を照らしている。まるで後光だなと思う。年齢はたしか、三十五歳くらいだっただろうか。比較的長めの髪が、若い印象を与える。背は低く、童顔なので、大学を卒業したばかりと言っても違和感はない。城山にとっては、まだまだ若造だ。しかし、検事と刑事。立場は圧倒的に前者の方が強い。

「急に呼び出して、すみません」

人懐こい笑みを浮かべた神津は、椅子に座るよう言う。机にはすでに湯呑みが二つ置いてあり、湯気が立っていた。来訪に合わせて淹れたのだろう。

「どうぞ、飲んでください」

勧められるがまま、湯呑みを手に取って一口飲む。まだ十分に熱かった。

「あまり時間がないので、世間話は抜きにしてお聞きしますね」そう前置きした神津は前のめりになり、顔を覗き込むように見てくる。

「KGリサーチのことは、僕も追っているんです」

「そうですか」

想像どおりの言葉に、城山は目を細めた。東京地検特捜部が追っているから、この件からは手を引けと言うのか。もしくは、合同での捜査を提案されるか。

城山が所属する捜査二課と、神津のいる東京地検特捜部は、両者とも政治家汚職や経済事件を追っており、いわば同じ獲物を狙っていることになる。密かに城山は、東京地検特捜部をライバル視していた。実際には捜査二課の立場のほうが確実に弱い。

しかし、特捜部よりも先に事件の証拠を握ろうと必死に仕事に打ち込んでいる。

「どうして、特捜部がKGリサーチを?」

城山はとぼけて訊ねる。特捜部が動く理由は一つしかない。KGリサーチの裏に〝大物〟がいると踏んだのだろう。

神津は、顎に手を当てて考え込むような仕草をする。その間も、顔には笑みが浮かんでいた。

腹の内を探ろうとするが、表情からは、考えていることを読み取ることができなかった。

ふと、伏見のことを思い出し、目の前にいる神津に少し似ていることに気づく。

片や、眠そうなポーカーフェイス。もう一方は、笑顔のポーカーフェイス。

面白い共通点だ。

やがて神津は、赤いネクタイの結び目に手を当てた。

「城山さんだから言いますけど、KGリサーチは談合を円滑に行うため、武藤道仁(むとうみちひと)に裏金を渡しているんじゃないかという疑惑があるんですよ」

「武藤……」

呟きながら、名前の人物の顔を思い起こす。衆議院議員の武藤道仁。元国土交通大臣で、剛腕で知られる強硬派。敵が多いが、それらを強引にねじ伏せてしまう力を持っている。

「特捜部では、ＫＧリサーチと武藤との間に、賄賂（わいろ）の授受があった可能性を探っています」

城山は心臓の鼓動が早くなるのを意識した。

「たしかに私はＫＧリサーチの内偵調査をしています。ですが、神津さんが思っているような……」

「城山さんの見立てでは」声を遮った神津は、腕を組む。表情はあくまで楽しそうだ。

「ＫＧリサーチが、百社ほどの建設会社を束ねて、談合を取り仕切っていると考えているんですよね。これ、捜査二課長経由で聞きました。間違っていませんよね？」

渋々頷く。頭を押さえられているような心持ちになった。

神津は、ゆっくりと二度頷いた。

「いい仮説だと思います。過去に発覚した談合事件の例ですが、談合が成立した場合、予定価格に対する落札額の割合の平均は、約九九・四二パーセントで、自由競争による場合は七六・二三パーセントでした。前者の数字と、城山さんが疑惑を持った東京都の公共工事の落札率は酷似しているので、談合が行われている可能性が高い。KGリサーチの設立時期とも一致するので、ほぼ確実だと考えています」

淀みなく喋る神津は、さらに続ける。

「そして今回、私は奥西建設も調査対象にしています」

予想外の単語に、城山は目を見開いた。

「……奥西建設、ですか？」

「そうです」

「ですが……」

思わず否定しようとして、慌てて口をつぐむ。

「どうしたんですか」

微笑みを湛えたまま、まっすぐに見つめてくる。その目は鋭い。

まるで自分が被疑者になったようだ。逃げ切れないと直感した城山は観念する。

「……奥西建設は、KGリサーチの会員ではないと思います」

「そこまで調べているんですね」神津は楽しそうな声を発した。

「たしかに、奥西建設の公共工事の落札率は競争原理が働いている数字に近く、談合をしている可能性は低いです。それに、理由は分かりませんが、KGリサーチの金田と、奥西建設の社長は仲が悪いようですからね。ただ、面白いのは、奥西建設が裏金を作っているという噂があることです」

「……奥西建設も裏金ですか」

「裏金作りの方法について確証があるわけではないので、まだ噂の域を出ません。しかし私は、ＫＧリサーチと奥西建設の両方を捜査するべきだと感じています」神津は耳朶に触れた後、大きく息を吸った。

「経済事件に対応するためにもっとも重要なことは、面的捜査です。面全体を見ていかないと、事件として捉えようとしている点を理解することはできません。ここで言う点とは、奥西建設は公共工事の談合から除外されているにもかかわらず、武藤に裏金を渡している可能性があるということです。この動機や目的を明らかにするためには、できるだけ広い視野で状況を把握しなければなりません」

そこまで言った神津は、椅子の背凭れに寄りかかる。

「次に必要なのは、仮説を組み立てることです。広い視野をもって事件の真相を見定めるのは容易ではありません。経済事件は得てして複雑ですので、まずは仮説を組み立てることが重要です。今回、城山さんは、ＫＧリサーチが談合を仕切っているという仮説を立てて捜査をしているんですよね」

城山は迷いつつも頷くと、神津は満足そうに口角を上げる。

「私も同意見です。金田はKGリサーチを作り、業者をまとめて談合サロンとして機能させている可能性が高い。そのために金田は、武藤に裏金を渡している。ここの構造が厄介なんです」神津は楽しそうに肩を震わせて笑う。

「奥西建設は武藤に裏金を渡し、KGリサーチも同様に裏金を渡していた。KGリサーチは業者を束ねて、話し合いによって談合をしていると考えられます。武藤は目立った動きをしていませんので、天の声型談合はしていない公算が高いと考えます」

城山は唸る。

発注者側の意向が、地方公共団体の首長や有力な政治家といった人間によって出されることを、天の声という。

「……それなら、なぜKGリサーチは、武藤に裏金を渡しているんですか」

眉間に皺を寄せた城山が呟く。

すると神津の瞳が光った。

「普通に考えれば、談合を円滑に実施するための後ろ盾でしょう。ですが、それよりも反逆者の排除を依頼しているんじゃないかと私は考えています」

「反逆者、ですか」

「たとえば、奥西建設です」神津は目を細めた。

「ＫＧリサーチの傘下に入っていない奥西建設は除け者になっています。除け者が取る手段は二つあります。一つは泣き寝入り。もう一つは、反発」

そこまで聞いた城山は、言わんとしていることを理解した。

「……つまり、奥西建設を排除するために、ＫＧリサーチは武藤に裏金を渡しているということでしょうか」

「私はそう思っています」神津は背筋を伸ばす。

「すべての業者が足並みを揃えているわけではありません。現に、奥西建設が低い落札率で工事を受注しているんです。ＫＧリサーチとしては、面白くない。事前にチャンピオンを決めていたにもかかわらず、部外者に横取りされるんですからね。もちろん、奥西建設だけがアウトサイダーではないですが、私は、奥西建設こそが急先鋒だと考えています。重機械土木大手なので体力はありますし、マンションやビルの建設や公共工事全般にも積極的ですから」

「……ＫＧリサーチが奥西建設の排除を依頼したとしましょう。でも、奥西建設も武藤に裏金を渡しているんですよね」

どうも釈然としないので、城山は質問する。

神津が指を一本立てる。

「それは、あれです。奥西建設は、KGリサーチの談合行為を武藤に暴いてもらい、潰そうと考えていたんでしょう。武藤が敵だとも知らずにね」

「武藤に？」城山はにわかには信じがたかった。

「一人の国会議員に頼まなくても、公正取引委員会に告発すればいいじゃないですか」

「告発できるほどの証拠を持っていなかったんでしょう」神津は即答する。

「ただ、誤算があった。奥西建設という一企業が出す裏金の額と、KGリサーチが百社ほどの企業から徴収した裏金では雲泥の差です。武藤は両者から金を貰い、より金払いのいいほうに力を貸したんです」

「……証拠は、あるんでしょうか」

慎重に訊ねると、神津は肩をすくめる。

「今のところは、推測の域を出ません。しかし、奥西建設のことを調べていたら、半月ほど前に、一人の社員が自殺しているんです」

「……自殺」

穏やかではない単語に、城山は拳を握る。

「そうです。彼はマカオから帰国して、間を置かずに飛び降り自殺をしています。名前は飯田功。妙な引っかかりを覚えたので調べてみたら、談合全盛期に活躍していた元業務屋だったんです。そんな男が自殺。なにか思うところはありませんか」

「……いえ」

城山は力なく言う。話が見えてこなかった。

「そうですか」神津は濃い眉を動かす。

「警察は、自殺と判断したようですが、飯田功は殺された可能性が高い」

その単語を聞いた城山は、口腔内が乾くのを意識する。

「……裏金を渡されて、武藤が人を殺すなんて」

信じられない。しかし、目の前の男は、なにかを摑んでいるのだろうか。

「もちろん、金だけで人を殺したわけでも、武藤が直接手を下したわけでもないと思います。おそらく奥西建設は武藤に裏金を渡して、KGリサーチが主導している談合を破壊しようとした。自分の入れない強大なコミュニティーは邪魔なだけですからね。しかし、武藤とKGリサーチはズブズブの仲だった。それで奥西建設は、KGリサーチと武藤の関係を暴露しようと画策。その結果、見せしめのために飯田功は殺された。自殺するはずのない人間が自殺すれば、関係者は殺されたのだと察して沈黙しますからね」

ただ、と続ける。

「これだけでは殺す理由としては弱い。人ひとりを殺す理由。それは、その人物がいなくならなければ、多大な不都合が生じるということです。飯田に生きていてもらっては困る理由が、武藤にあった。これが私の仮説です」

神津は嗜虐的な笑みを浮かべた。

城山は眉間に皺を寄せる。つまり、武藤は両方から金を貰って、より多く貢いでくれたほうに加担したというのか。そして、殺された飯田功が生きていると、武藤にとって都合が悪かった。

「……なにか、根拠があるんでしょうか」

あまりに突拍子もない話だったので、おいそれと信じられない。神津は口元を綻ばせつつ、値踏みするように城山の目を見つめる。

「まぁ、城山さんにならいいでしょう」肩の力を抜いた神津は、少しだけ声のトーンを落とした。

「飯田が、ある新聞社にリークしたい情報があると連絡を入れていたことが分かったんです」

「その新聞社で電話を受けた人間も、直接会って話すということだったので内容までは知らなかったんですが、おそらく武藤へのアプローチが失敗したと分かった奥西建設が、飯田を通じて談合の件を告発しようとしたんだと考えられます。それで、新聞記者に会う前に自殺。不自然でしょう？」

城山は頷く。

筋は通ると思った。やはり、特捜部の調査能力は凄まじいものがある。機動力でいえば、捜査二課の方が恵まれているだろう。しかし、個の力が違いすぎるのか、城山は今までに何度も舌を巻いた経験があった。

「ともかく、城山さんを呼んだ理由は一つです。私に協力していただきたい」

想定外の言葉に、目を見開く。

「……私が、ですか」

「そうです」

「どうしてでしょう」

疑問だった。特捜部は、最強の捜査機関で、最高に優秀な人材が集まっている。彼らの手足となって動くことは間々あるが、タッグを組もうなんて提案は初めてだった。

神津は、少しだけ頭を右に倒した。

「過去に、検察内で証拠の捏造などが発覚しました。恥ずべき事態ですが、個人の失態だとして片づけることはできません。私は、検察組織の人間が、みな同じ方向を見ているのが原因だと考えています。つまり、歯止めを利かせる人間が不在の上に、別角度で検証する機能が正常に働いていないんです。そうは言っても、組織の構造や体質をすぐに変えることは難しい。それならばと私は、あえて別組織の人の意見を積極的に取り入れようと考えたんです」

自分が生み出した妙案に酔いしれているような、恍惚とした表情を神津は浮かべた。

「それで……私ですか」

「KGリサーチに目を付けた方ですし、城山さんの仕事ぶりを私は評価しています。広い視野を持つためにも有効な手段だと考えます。協調態勢を取ることも、捜査二課長には了承済みです」

拒否権はないということか。ただ、神津と同行するのは気が重かった。

「……私はかまいません。しかし、神津さんもお忙しいでしょう」

「そうですね」神津は即座に同意する。

「ですから、基本的には別行動です。なにか情報を得たら、私に報告してください。私も、なにか分かった時点で連絡します」

「……わかりました」

「では、交渉成立ということですね」

神津は白い歯を見せつつ、己の権威を誇るかのように胸を張った。

中央合同庁舎を出た城山は、先ほどの提案を頭の中で反芻する。

情報共有。

聞こえの良い提案だ。

だが、対等のはずがない。おおかた、自分のことを情報収集の一手段くらいにしか思っていないのだろう。

「あいにく、俺は捻くれているんでな」

小声で呟きつつ、これからどう動こうかと考える。

あまり悠長なことをやっていると、出し抜かれてしまう。

特捜部よりなんとか先に事件を明らかにするには、どうすればいいか——。

ふと、伏見の顔が頭に浮かぶ。
笑顔の神津と、無表情の伏見。ぶつけてみるか。
我ながら面白い発想に、思わず笑みがこぼれた。

五章　カリカチュア・ヒューリスティック

1

昔から、建造物が好きだった。

父親が大工だったということも多少影響しているだろうが、花琳(ファリン)は、幼い頃から建物に対して憧憬(しょうけい)の念を抱いていた。こんな大きなものを、どうやって人が造り上げたのだろうという未知への興味を抱き続けた花琳にとって、建築への道に進むのは自明の理だった。

大学で建築を学び、日本へも留学して、順調に建築家への道を進んでいた。

しかし、台湾(たいわん)で発生した大地震により、花琳の進路は大きく方向転換した。

地震により大勢の死傷者が出た一因として、建物の倒壊が挙げられ、そのときに発覚した欠陥住宅の状況に花琳は驚きを禁じ得なかった。鉄筋不足や耐力壁長不足だけでなく、構造にサラダ油の一斗缶が入っていたものもあったのだ。本来、人を守るはずの建物に手抜きを施し、結果として人の命を奪った建築会社に対して深い憤りを覚えた花琳だったが、設計工事を担当した会社は震災と同時に倒産し、批判を受けた社長は自殺、そのほかの関係者は姿を消していた。しかし、これは氷山の一角とされており、建築偽装は台湾だけでなく、中国にも深刻な影を落としていることを知った。地震を経験した花琳は、建築家になって手の届く範囲でしっかりとした建物を造るよりも、警察に入って悪を取り締まるという道に進んだ。

これも自分にとっては当然の選択だった。

先の震災で倒壊した欠陥住宅の犠牲者の中には、台湾へ移住していた両親が含まれており、花琳も生き埋めになった。しかし、花琳だけ運よく救助隊員に助けられた。

生き残った花琳は、欠陥住宅を造った建築会社の人間を断罪することこそが自分に与えられた使命だと覚った。そして、彼らを捜し出すためには、警察という立場がもっとも好都合だったのだ。結果、花琳は中華人民共和国公安部に入って悪を取り締まりつつ、個人的に、遁走した建設会社の関係者を追っていた。

来日してすぐに、公安部が得た情報を頼りに、葛飾区の雑居ビルに入る中国雑貨店に行ったが、目当ての人間はすでに姿を消していた。この人物に会うのも今回の目的だったので落胆したが、すぐに公安部の同僚に連絡し、日本にある主要な中国人コミュニティーをピックアップしてもらい、調査を続けていた。

「どうかしましたか」

伏見に声をかけられた花琳は、危うく手に持っている缶コーヒーを落としそうになる。

「あ、えっと、なんでしたっけ」

「そろそろ到着しますと言っただけです」

ハンドルを握る伏見は、単調な声を出す。

「……そうですか。分かりました」

返答した花琳は、残りのコーヒーを飲み干し、気持ちを落ち着かせる。昔のことを思い出して感傷に浸っている場合ではない。

昨晩、飯田功の妻である萌絵から伏見に連絡が入った。なんでも、伝えたいことがあるらしい。それで花琳は、伏見の運転する車で大田区にある萌絵のマンションに向かっていた。

伏見が運転する青いフォルクスワーゲンは小型のビートルで、兄から譲り受けたものらしい。安っぽい車体だったが、改造をしているらしく馬力があり、車体の形以外に古臭さを感じない。内装も変えているようで、座り心地もいい。

どうして今日まで車移動をしなかったのかと問うと、伏見は、車検に出していたのだと素っ気なく答えた。

時刻は十三時。

春の日差しが窓を通じて車内に入り込む。眠気を誘う陽気だった。

マンションの近くにあるパーキングに駐車し、十四階に上ってインターホンを押す。すると、前回会ったとき同様に気落ちした様子の萌絵が姿を現した。

「痩(や)せましたね。しっかりとご飯を食べなければ駄目ですよ」

開口一番、伏見が言う。

花琳も思ったことは口にするほうだが、伏見ほど無神経ではない。

「……そうです、よね」

萌絵は困ったような八の字眉になったあと、弱々しい笑みを浮かべた。

花琳は、リビングの椅子に座りつつ、部屋の中をそれとなく見る。子供用のおもちゃがカーペットの上に散らばっているが、全体的には整頓(せいとん)されていた。

「お子さんはどこに？」

「隣の和室で寝ています。最近、寝ぐずりが酷くて夜中も頻繁に起きてしまうので……」

花琳の言葉に、萌絵は襖の方を見ながら答える。

「本題に入りましょう。なにか気になることがあるのでしたね」

会話の流れを無視した伏見は、淡々とした口調で訊ねる。

萌絵はまじまじと伏見を見ていたが、やがて改まった表情になってから口を開く。

「実は、半年ほど前から、夫は休日になると一人で外出することが多くなったんです。それで、不倫でもしているんじゃないかと思って、興信所に調査を依頼したことがあって……」

「興信所ですか。高かったでしょう」

伏見が妙なところに食いつく。

「最初聞いたときは、金額に驚いたんですけど、夫が外出する日も時間も分かっていましたし、特定の日だけ尾行して欲しいと依頼したので、そんなに金額はかかりませんでした」

一度言葉を止めた萌絵は、お茶を一口飲んでから再び話し始める。

「最初の調査で分かったことは、川崎市にあるマンションに行っていたことでした。結果報告を聞いて、すぐに不倫相手がそこに住んでいるのだと思ったんですが……」

「違ったということですね」

伏見の声に頷いた萌絵は、不可解そうな表情を浮かべた。

「夫は、そのマンションをしばらく見ていただけで、中に入ろうとしなかったそうです。それで私は、尾行がバレたんじゃないかと興信所の方を問い詰めたんですが、それはありえないと言われました。それで、もう一度調査をしてもらうことにしたんです。そうしたら、次は横浜市のマンションに行っていて……そのときも、外から見ているだけだったそうです」

「興信所の見解などはありましたか」

「ありません」萌絵は肩を落とす。

「マンションを見ているだけなんて納得できませんでしたし、本当にそれだけの理由なら、私に隠さなくてもいいじゃないですか。でも、興信所の方は、あくまで自分は調査することしかしないということで……結局、合計三回の調査を依頼して、そのどれもがマンションを見ているだけだったんです。調査員の方の印象では、まるで骨董品の真贋を見定めるような目つきだったそうです」

「最後のマンションは、どこだったんですか」

「三回目は、一回目に行った川崎市のマンションでした」

「そうですか」

顎に手を置いた伏見は、思索するように黙り込んでしまう。

その隙に、花琳が身を乗り出した。

「あの、萌絵さんは、旦那さんがなにをしているのか直接聞いたんですか」

戸惑ったような表情を浮かべつつ、萌絵はゆっくりと頷く。

「……聞きました。でも、散歩をしているだけで他意はないとの一点張りで……興信所に依頼したと打ち明けようかと何度も思ったんですが、後ろめたくて結局……」

「どのくらい、マンションを眺めていたんですか」

「興信所の方の話ですと、二時間くらいだったようです。さまざまな角度で遠くから眺めたり、近くに行ってみたりしていたらしいんですけど……」

妙な話だと思った。

飯田功は、いったいなにを見に行っていたのか。マンションなのか。それとも、そこの住民なのだろうか。

「興信所の結果報告書、お借りしてもよろしいですか」今まで黙っていた伏見が突然割り込んでくる。

「一度、そのマンションに行ってみようと思いますので」

「わ、分かりました」

萌絵は事前に用意していた三冊の報告書を差し出した。

「ありがとうございます。ほかには、なにかありませんか」

「も、もう一つあります」

伏見が腰を浮かせて帰ろうとしたので、萌絵は慌てて引き止め、テーブルの上に置いてある手帳を手に取った。黒い本革の手帳は角がよれており、よく使いこんでいたことが窺える。

「これは夫が使っていたもので、部屋の中を整理していたときに見つけたんです」

手帳を受け取った伏見は、無表情でパラパラとめくる。

「……なにか、手がかりがあるといいんですけど」

全体的に意気消沈した様子の萌絵だったが、それでも、意志のこもった強い眼差し(まなざ)で伏見を見ていた。

──真実を明らかにすることは、死んでいった人間への誠意なのです。

以前聞いた伏見の言葉が頭の中で蘇(よみがえ)る。残された者は、真実を明らかにしたい。

死者への誠意と、自分を納得させるために。

「この〝ヨーカン〟というのはなんでしょうか」

　手帳を繰る手を止めた伏見は、萌絵に見開きのページを見せながら問う。花琳が横から覗き込むと、〝ヨーカン五本〟と〝ヨーカン六本〟という言葉が書かれており、それぞれの頭に日付が書かれている。

「……さぁ、なんでしょうか」

　萌絵は首を傾げる。

「手帳によると、この謎の言葉の前に書かれている日付は、出張した日に近いですね。これもお借りします。ご協力感謝します」

　独り言のように呟いた伏見は、手帳をジャケットの内ポケットに入れてから、まるでそれが当たり前であるかのように部屋を出ていってしまった。

　残された花琳も立ち上がり、丁寧に礼を述べる。

「今日はお時間をいただき、ありがとうございます」

「……いえ」

「私もこれで……」

「あ、あの」

萌絵は両手を太股の上に置き、懇願するように花琳を見つめた。

「どうか……お願いします」

頭を下げられる。

「あっ……」

言葉に詰まった。自分は日本の警察ではないので、安易に返答するべきではない。

そもそも、警察が下した見解どおり、飯田功は本当に自殺したのかもしれないのだ。

ただ――。

花琳は唾を飲み込む。

「私と伏見さんで、しっかりと真実を見定めます」

その言葉に、萌絵は泣きそうな顔を向けてくる。

部屋を辞した花琳は、自分の感情を抑えることができなかった。

真実を暴き、悪をあぶり出す。

それは花琳が、建築家ではなく警察になった最大の理由だった。

マンションのエントランスを出ると、伏見が運転するビートルが横づけしてあった。

「お待たせしました」

助手席に乗りながら花琳が言うと、伏見はちょうどスマートフォンでの通話を終えたところのようだった。

「では、行きましょう」

そう言うと、伏見はゆっくりと車を発進させる。

「飯田功が見ていたマンションに行くんですか」

シートベルトを締めた花琳が問う。

「いえ。明日は快晴のようなので、明日行きます」

「……天気、ですか」

空を見上げる。今日だって晴れているじゃないか。

「冗談です」

「……冗談って」

馬鹿にしているのかと睨みつけるものの、伏見の横顔はいつもどおり眠そうな表情のままで、こちらを向こうともしない。

「……じゃあ、どうして明日なんですか」

「マンションを見に行く前に、少し調べものをしようと思います」当然であるかのように説明した伏見は、横眼でちらりと花琳を見る。

「とりあえず警視庁に戻って、手帳をチェックします。花琳さんは、どうされますか」

「どうって……」そう呟きつつも、頭の中ではすでに回答を用意していた。

「私はホテルに戻ります。ちょっと疲れが溜まっていて」

「休むことはいいことです。どこまで送ればいいですか」

「東京駅までお願いします」

来日している間、東京駅に隣接するフォーシーズンズホテルに泊まっていた。滞在費用は公安部から出ていたが、フォーシーズンズに泊まれるほどではない。差額は自腹だった。

「分かりました」

伏見はハンドルを右に切った。

車のサスペンションが優秀なのか、振動をほとんど感じない。やはり、かなり改造しているようだ。

花琳は移ろう景色を眺め、頭の中でプランを練った。

島中建設のことを調べる、ちょうどいい機会だ。

渋滞に巻き込まれることもなく、三十分ほどで東京駅に到着した。

車から降りた花琳は、ホテルには帰らずに、スマートフォンの地図アプリを開く。検索項目に島中建設本社と入れると、すぐに位置が表示された。東京メトロ八丁堀駅にある本社を目指し、歩を進める。東京駅周辺を歩く大部分はサラリーマンやＯＬだったが、観光客も散見された。

ビルが林立しているためか、風が強い。しかし、いい散歩日和だった。

八丁堀駅に到着し、ひときわ大きなビルを見上げた。

スーパーゼネコンの一つである島中建設。中国で大きく躍進している企業。

日本とは違い、中国ではゼネコン一社に発注すればいいという一括請負のシステムはない。また、工事の受注は人脈に拠るところが大きく、発注者や役所との関係構築が重要だった。そんな中で、島中建設は日本企業として中国の建設会社と対等に渡り合い、シェアを伸ばしていた。

しばらく会社を眺めたあと、八丁堀駅へと続く階段を降りていく。

花琳が来日した目的は、島中建設の本社に乗り込むためではない。もちろん、できることなら社長を拘束して真実を吐かせたかったが、それで口を割るような輩ではないことは承知している。とりあえず、情報収集をしなければならない。

東京メトロ日比谷線に乗り、ちょうど七分後に秋葉原駅に到着した。花琳は地図を片手に電気街口を抜け、中央通りを末広町方面へと進む。そして、五分ほど歩いたところで細い路地を右折し、鉛筆のように細いビルの四階へと上がった。

手すりの柱に〝ヨロズヤ〟という看板が紐で固定されていた。

開け放しの扉を抜けると、そこには所狭しと棚が組まれ、電子部品や配線、ゲーム機、アニメのフィギュアまでもが雑多に置かれていた。

客の姿はなく、部屋の照明も薄暗かった。

店の奥へと進むと、カウンターの前に一人の男が座っていた。髪を短く刈り上げ、左目の上に横一文字の傷がある。調査した限りでは、年齢は六十歳。離婚歴がある。

「黄鉄林ね」

花琳の言葉に、男はビクリと身体を震わせる。目の中に、明らかな敵愾心が宿っていた。

「……あんたは？」

「中華人民共和国公安部の王花琳です」

「俺は、祖国に顔向けできないようなことはしていない」

腰を浮かせつつ言う。内容によっては逃げるつもりだろう。

ようやく見つけた。逸る(はや)気持ちを抑える。

花琳は来日してすぐに黄鉄林が経営しているという情報のあった中国雑貨屋に行ったのだが、別の人間に店を譲って行方をくらませていた。新しい店主に黄鉄林の行き先を聞いても知らないの一点張りで途方に暮れていたが、昨夜、中国人コミュニティーの一人から黄鉄林の居場所が分かったという情報がメールで届き、こうしてやってきたのだ。

花琳は自分を落ち着かせるために、一度深呼吸をした。

「別に私は、あなたを捕まえるために来たんじゃない。昔のことを聞きにきたの」

「昔？」

「大連通路橋集団公司(ダレントンロチヨウジダンゴンシ)のことよ」

「……それは、ずいぶんと前の話だな」

そう言うと、椅子に座り直す。

「あと、俺は帰化したから、今は基山友則(きやまとものり)だ」

「では基山さんは、大連通路橋集団公司で設計部門の責任者をしていましたね」

その質問に躊躇(ちゅうちょ)するかのように口を閉ざしたが、やがて唇を舌で舐(な)めて笑みを浮かべる。

「どうせここで否定しても意味ないんだろ。そうだよ。俺はあの会社にいた」

花琳は身体が熱くなった。ようやく、当時の会社の事情を知っている可能性のある人物に接触できた。

大連通路橋集団公司。

台湾で発生した大地震のときに倒壊した建物を造った会社で、悪質な欠陥住宅が露見し、社長は自殺、事情を知る幹部は遁走した。

焦る気持ちを抑え、口を開く。

「あの会社には、島中建設の資本がかなり入っていましたよね」

「そうだな。合弁会社というわけではなかったが、島中建設は台湾や中国進出の足掛かりを作りたかったらしく、大連は小さな会社を買収しまくったんだ」

「島中建設がやったことは表向き、資本提供のみとなっていますが、技術提供もしていたのではないかという噂もあるんです」

「……あんた、なにが知りたいんだ」

目を細めた基山が訊ねる。

花琳は唾を飲み込んだ。

「島中建設が、建築偽装を指示して、工賃や材料費を浮かせることで利益を上げていたんじゃないかということです」

基山は、今にも飛びかかってきそうなほどの鋭い眼光で睨みつけてくる。

「証拠はあるのか」

「それがあれば、あなたに会いに来たりしません」

花琳の言葉に、基山は鼻を鳴らす。

「奴らも馬鹿じゃない。当時、島中建設は大連を隠れ蓑にして、その費用の安さや工期の短さを売りにして工事を受注していた。そして、台湾や中国の国家事業ともいうべき公共工事をいくつか受注するまでになった。ただ、大地震で偽装が明らかになり、ご存知のとおり、大連は潰れたんだ。あんたが問題にしているのは、荒稼ぎするために欠陥住宅を造る技術を島中建設が伝えたっていうことだよな？」

「そうです」

「残念だったな。たとえ俺が首を縦に振っても、建築偽装を証明する術がないから、ここに来たことに意味はない。そんな昔のことで、わざわざ日本まで……」

「意味ならあります」花琳は強い語調で遮る。

「今、島中建設は再び中国や台湾に進出して躍進しています。安い受注額で評判も高い。ですが、そのあまりの順調ぶりに、政府高官を多額の金で買収しているという噂があるんです」

「買収か。コネクションを作るのも仕事の内だろ」

基山はせせら笑うが、花琳は視線を外さないように意識した。

「問題はそこではなく、どうやって買収する金を捻出しているかということです。日本で島中建設はスーパーゼネコンとして君臨していますが、業績は芳しくないようです。前社長の息子がトップになって以来、他のスーパーゼネコンに水をあけられ、振り返れば中堅ゼネコンがいるという状態ということです」

「……そういうことか」基山は腕を組む。

「海外で建築偽装をして荒稼ぎしていると考えているんだな」

花琳は頷く。

「私は、あなたに過去の建築偽装の責任を取らせようと思ってここに来たわけではありません。現在も島中建設は中国でシェアを伸ばしています。もし建築偽装をしているのなら、その不正を明らかにしなければなりません。立ち入り検査をするにも、党幹部の中には島中建設を擁護する声も大きく、われわれも表だって動くことができないんです」

基山は目を閉じて、小さな唸り声を上げる。

「……俺が言えることは一つだ。大地震で、大連の不正が明らかになった。それ以前にも俺たちは、スラブ筋や地下壁配筋を故意に抜いたりもしていた。でもそれは、これだけ抜いても問題ないという〝加減〟を知ってやっていたんだ。手抜きや偽装ってのは、やってはいけないことを承知で、安価に仕上げることだ。通常よりも耐震性に問題が出るのは当然だが、最悪の事態にならないように計算する。鉄骨を何本抜いたら倒壊するかってのを分かっているんだ。今、直面している問題は、この受注金額だったらこれくらいしか材料を使えないな、と安易に考えて本当に危険な建物が造られているってことだ。これは単純な手抜きじゃなくて、人命を脅かす暴挙だ」

憤っている様子の基山は、ふっと表情を和らげる。

「俺はもうあの業界にはいないから、どうでもいいことだがな。ともかく、建築偽装は大連が勝手にやったこととして片付いている。事実上、島中建設は関係ないということで決着しているんだ」

「いえ、関係あるはずです」

「だから、ないと言っているだろ」

基山は声を荒らげる。

花琳は頭に血が上らないように意識し、一呼吸入れる。

「もしかして、買収されているんですか」

その言葉に、基山は顔色を変える。

「帰れ！」

耳をつんざくような大音声(だいおんじょう)に、花琳は顔をしかめる。今日は、これ以上話しても成果は得られないだろう。なにか、突き崩す手段がないかを考えなければならない必要性を感じた。

「今日のところは帰ります。でも、島中建設が大連通路橋集団公司に渡したという建築偽装を指示する資料の存在は知っています。基山さんは、それを持っていませんか」

返事を返さない基山は、じっと睨みつけてくる。今にも飛びかかってきそうな敵意に満ちていた。

「……ありがとうございます」

礼を述べてから店を出た花琳の全身は、徒労感に苛(さいな)まれていた。

大連通路橋集団公司を隠れ蓑に島中建設が建築偽装をして荒稼ぎをしていたという噂は真実味を帯びているものだった。しかし、証拠がないので検挙できず、結局はうやむやになって今に至っている。

だからこそ、花琳はこうして日本に来て、調査を進めているのだ。

――島中建設は関係ない。

基山の一言が胸に刺さる。

マンション倒壊の原因を明らかにして、主犯を引きずり出すために調査を進めて、ようやく基山という技術責任者にたどり着いた。

だが、会った限りでは協力を得られそうになかった。もし基山が島中建設に買収されて口封じされていたのなら、協力はほぼ絶望的だろう。昔の話を蒸し返して自分の立場を悪くするもの好きなど、いるはずがない。

当時の大地震で倒壊して発覚した欠陥住宅は、大連通路橋集団公司が手掛けたものだけではないということは知られていた。ただ、花琳たち家族が住んでいたのは、大連通路橋集団公司が造った中でも、一番酷い偽装建築だった。

歩を進めるが、足が上がらない。まるで鉄の下駄を履いているようだ。

まだ諦めたわけではない。しかし、出鼻をくじかれる形になったのはたしかだった。

ほとんど上の空の状態でホテルまで戻ってきた花琳は、ノートパソコンを起動する。すると、中華人民共和国公安部の同僚からメールが入っていた。マカオに行っていた奥西建設の社員の動向に関する報告で、シェラトン香港ホテル&タワーズに宿泊し、カジノでバカラやルーレットに興じて散財していたということだった。

花琳はそれを簡単に日本語に翻訳(ほんやく)し、伏見のメールアドレスに送ってからベッドに倒れ込んだ。

2

翌朝の九時。

警視庁本庁舎の地下二階にある資料庫に行くと、伏見のほかに、捜査二課の城山の姿もあった。伏見はソファーに座ってチョコレートタルトを頰張り、城山はパックの野菜ジュースを飲んでいる。

花琳(ファリン)に気づいた伏見は、眠りに落ちる寸前のような目を向けてくる。

「ちょうどよかったです。こちらに来てください。一緒に話を聞きましょう」

「おい、なにがちょうどいいんだよ」

城山がすぐに反応するが、伏見は無表情のままだった。

「今話していた内容が建設会社の件だったので、花琳さんも聞いておいたほうがいいと思いまして」

「……どうしてそうなるんだ」

城山は、苦虫を噛み潰したような表情を浮かべる。

「花琳さんは学生時代に建築を学んでいたようです。その上、日本にも留学経験があって、業界事情にも詳しいと人伝に聞きました。ですから、僕も花琳さんに助言をもらいながら捜査をしているのです」

助言などした覚えはないと思ったが、口には出さなかった。

疑念のこもった視線を向けてきた城山に対し、伏見は、大丈夫ですよと言う。

「今回の人事交流では、国益を損なう可能性のない捜査情報は話していいということになっていますし、秘密保持規約を取り交わして、捜査情報を口外した場合は、重い懲役刑を科すことになっています」

城山は難しい顔をしつつ、頭の中で考えごとをしているようだったが、やがて、毒を食らわば皿までって言うからな、と呟いた。

「まぁいい。花琳さんだったか。あんたの目的が純粋な人事交流なのかどうかは知らないが、協力してくれるなら助かる」

引っ掛かりを覚えるような言い回しのあと、城山はマーカーを借りるぞと言って立ち上がった。

「まず、俺が現在追っている案件の情報共有をする」

そう言うと、ホワイトボードに文字を書き、近くに写真を貼る。

「この〝KGリサーチ〟というのは、写真に写っている金田敦という元業務屋が代表の会社で、表向きは建設業界の情報をメルマガで配信していることになっているが、おそらく談合の取りまとめや調整をやっている。これに気づいた理由は、最近の公共工事の落札率が二年前よりもかなり高く、正しい競争原理が働いていないと推測できるからだ」

金田敦の爬虫類顔を見る。少し、城山に似ているなと花琳は思った。

「公共工事を落札した建設業者の動きを探っていて、KGリサーチが浮上したということです。設立時期と、だいたい一致するみたいです」

伏見はチョコレートタルトにフォークを刺しながら補足する。

城山は頷く。

「そうだ。KGリサーチは多くの建設会社を会員にして、受注額の調整をしているはずだ。しかし、決定的な証拠がないから、面識のあった奥西建設の橋本広嗣という男に接触して情報収集しようとした」

「それであのとき、奥西建設の本社前で会ったのですね」

伏見はやや視線をあげて言った。

「お前と会うなんて、まったく運が悪い」

嘆くような声を発した城山が続ける。

「奥西建設は、KGリサーチの談合組織には入っていない。いや、入れていないといったほうが正しい。KGリサーチの金田と、奥西建設の社長である奥西は犬猿の仲だからな……ともかく、奥西建設の橋本なら、KGリサーチがやっている談合の情報を提供してくれると踏んだんだ」

「見返りはなんですか」

「は？」

伏見の突然の質問に、城山はポカンと口を開けた。

「橋本広嗣が無償で城山さんに協力したわけではないでしょう。いくら奥西建設がKGリサーチと無関係とはいえ、警察への情報提供を簡単にしてくれるはずがありません。なにかしら、見返りがあるはずです」

「それは……」

伏見が半眼で見つめ続けるので、口ごもった城山は観念したように息を吐いた。

「……三年前、奥西建設は談合を拒否した建設会社を暴力団を使って脅したという疑惑があったんだ」

「疑惑、ですか」

「そうだ。威力入札妨害罪でパクるつもりだったんだが、どうしても奥西建設と暴力団の関係を明らかにできなくて不発に終わったんだ。そのときに、橋本広嗣と接点ができた」

「彼が捜査協力をしたのですか」

城山は洟(はな)を啜(すす)った。

「積極的にじゃない。会社に言われて、警察に応対する窓口みたいなことをさせられていた。なにも知らない男だとすぐに分かったよ。会社はそれを見越して橋本を矢面(やおもて)に立たせたんだ。俺たちは必死で奥西建設と暴力団の関係を探った。社長の奥西が関わっているのは間違いないから、あらゆる手段を使ったが、結局不発に終わっちまった」

「それが、今回の協力とどんな関係があるんですか」

「あいつは、もともと品行方正な男だ。だが、意気地がない。三年前のときも、自分の会社の不正を探っている警察に協力する姿勢をある程度は見せていたんだ」

城山は口惜しそうに顔を歪める。

「今回の件も、見返りなんてない。誰かが急き立てなきゃ動かない男だが、ちっぽけな正義感を持ち合わせた奇特な存在だと俺は信じている」

「そうですか」伏見はつまらなそうに言う。

「己の正義感を満たすことも、人によっては効用を得られますからね。それで、その橋本広嗣は、KGリサーチが談合しているという情報を提供してくれたのでしょうか」

「……いや、失踪した」城山は苦しそうな声を出す。

「協力すると携帯に電話があって以降、連絡が取れなくなった。会社に確認したら無断欠勤しているということだった。姿を隠す必要に迫られて雲隠れしたか、最悪、殺されている可能性もある」

その言葉に、伏見は唇に手を当てて俯き加減になった。

話を聞いていた花琳は、興味をそそられた。これは、事件の臭いがする。

「話を続けるぞ」城山は自分を鼓舞するように声量を上げた。

「橋本の行方を捜しているときに、検事から連絡があった」

城山はホワイトボードに〝神津佳正〟と書き加える。

「神津に呼び出されて検察庁に行ったら、KGリサーチのことを調べているのかと聞かれたので、素直にそうだと答えたんだ。そうしたら、実は神津自身も追っていて、しかも、衆議院議員の武藤道仁を狙っているということだった」

「武藤道仁、ですか」

「ああ。元国土交通大臣で、決して清廉潔白とは言えない政治家人生を歩んでいる男だ。この武藤が、便宜を図っていると踏んでいるらしい」

「便宜の内容はなんですか」

「これがちょっと複雑なんだが……」城山はマーカーを手の中で回転させる。

「神津は、武藤はKGリサーチと奥西建設の両方から裏金を貰ったと推測しているらしい。そして、KGリサーチは談合に参加していない奥西建設の排除を依頼し、奥西建設はKGリサーチという談合サロンを潰そうと目論んだ。ただ武藤は、より多くの裏金を渡したKGリサーチのほうの意見に耳を傾け、奥西建設の排除を実行した」

「両方から金銭を貰い、より利得の大きい方に肩入れする。合理的な判断ですね」伏見が呟く。

「それで、どんな方法を使って奥西建設を排除したのですか」

「見せしめだ」城山の目が鋭くなった。

「奥西建設に勤めていた飯田功という男が自殺したんだが、神津は、武藤が手を回して自殺に偽装されて殺されたと考えている」

「それだけの理由で、人を殺すとは考えられません」

伏見がすぐに反論する。

「もちろん、俺もそう思った。検事の神津は、飯田功が重要な情報を握っていて、口封じのために殺されたんだと考えている。飯田功は、伏見が追っている事件でもあるんだろ。なにか知らないか」

伏見は不審そうに顔をしかめて、城山を見た。

「今のところ把握していません。それよりも、僕が飯田功を調査していることを、どうして知っているのですか」

伏見が訊ねると、城山は鼻を鳴らす。

「参事官の持田警視正に聞いたんだよ。伏見に協力してほしい事件があると言ったときにな」

「そういうことでしたか」

納得したように頷いた伏見は、口元をナプキンで拭い、ペットボトルのミルクティーを一口飲んだ。

「その神津という男の推測については保留にしますが、協力態勢を結ぶのは悪くない話です」伏見は一定のトーンで喋る。

「ですが、捜査二課の城山さんが、なぜ僕たちを仲間に引き入れようとしたのかが疑問です。普通の刑事でしたら、僕を相手にしないはずです」

「それはだな……」言いにくそうに口ごもった城山は、唇をむずむずと動かした。

「検事の神津は、俺にタッグを組もうと提案してきた。だが、単なる情報源として使おうとしているのは明白だったし、そのまま同意すれば、結局、特捜部の案件として横取りされるのは目に見えている」

「つまり、検察よりも先に事件の真相に迫り、出し抜きたいということですね」

城山は顔を歪める。しかし、反論はしなかった。

伏見は立ち上がり、頬を手で掻いた。

「組織間の諍いには興味がありませんが、いいでしょう。僕が得た情報は、城山さんに提供します」

その返答に、城山は笑みを浮かべる。

「助かるよ。立場上、伏見に同行することができないが、なにか情報があれば教えてくれ。俺は引き続き、失踪した奥西建設の橋本の行方を追うつもりだ」

「分かりました」

伏見が頷いたのを見た城山は、自分の太股を平手で叩いて立ち上がり、また連絡すると言って資料庫から姿を消した。

「……本当にいいんですか」

部屋に二人きりになって十秒待ってから、花琳は口を開いた。

「なにがですか」

首を傾げた伏見が問い返してくる。

「あの城山って男、伏見さんを利用するつもりですよ」

「そんなこと、知っていますよ」伏見はしれっとしている。

「僕は、手柄を独り占めするために事件を追うわけじゃありませんから」

「で、でも……」

「それに、真偽のほどは別として、先ほどの話はなかなか有用でした」

伏見は、テーブルの上に置かれていた車のキーを手に取り、行きましょう、と言う。

「どこにですか」

「マンションを見に行きます」伏見はすでに歩き出していた。

「飯田功が休日に見に行っていたマンションです。急がないと、待ち合わせの時間に遅れてしまいます」

目を見開いた花琳は、伏見の唐突な行動に嫌気がさしつつ、後を追った。

伏見が運転するビートルに揺られながら最初に向かったのは、神奈川県川崎市宮前区にあるサンメゾン川崎というマンションだった。駅から遠かったが、その分、緑豊かな場所に建っており、住み心地は良さそうだった。

車を降りた花琳は、伏見の後方を歩く。

晴天で、風もない。まさに麗らかな陽気と呼ぶに相応しい。

マンションに隣接している公園を抜けると、スーツ姿の女性がこちらを見ていた。いや、正確には、伏見を見て目を輝かせていた。

「お待たせしました」

「いえ、大丈夫です！」女性は弾む声を出す。

「お、お元気でしたか」

猫背の伏見に対し、背筋をピンと伸ばした女性が問う。舞い上がっているのが明白で、見ているこちらが恥ずかしくなる。

「健康そのものです」

猫背の伏見が、不健康そうな顔で返事をする。

「そ、そうですか。それはよかったです」

はにかみながら言った女性が、ちらりとこちらを見たので目が合う。すると女性は慌てたように視線を外した。

「今日はいい気候ですね」

伏見が天気の話を始めた。

「そうですね。絶好の外出日和です」

女性もそれに応じる。

「こういう日は、部屋の中で本を読むのが一番です」

「え……」女性は驚いた顔をする。

「そ、そうですね。窓を開ければ、そよ風とか気持ちよさそうですし」

「いえ、窓は閉め切らなければなりません。紙が飛んでいってしまうかもしれませんし、なにより外の音が五月蝿(うるさ)いですから」

「そういう、ものですか」

女性は、同意しかねるといった顔をするが、否定の言葉は口にしなかった。

沈黙。

「……あの、そろそろ、私にも紹介していただけませんか」

蚊帳(かや)の外に置かれていた花琳が声を発した。すると、身体を震わせた女性は、再びこちらを見てくる。目には、不安の色。そしてわずかな敵対心。

花琳は構わず続ける。

「私は、中華人民共和国公安部の王(ワン)花琳と言います。今は人事交流で伏見さんに同行し、日本の捜査について学んでいます」

「中華……」

ポカンと口を開いた女性だったが、やがて慌てた様子でポケットから名刺を取り出した。

「神奈川県警刑事部の捜査一課に所属する木下麻耶(きのしたまや)と申します」

そう言って頭を下げる麻耶には、精悍(せいかん)さが窺える。こういうタイプの女性は好きだと花琳は思った。

伏見が小さく欠伸をした。

「わざわざ来ていただいてすみません。僕が依頼した件の回答は、メールや電話でも良かったのですが」

「あ、いえ」視線を泳がせた麻耶は、曖昧な笑みを浮かべる。

「ちょうど、こっちに用事があったものですから。本当に、偶然あったんです」

髪を耳にかけつつ、弁解するように言う。肩ほどに伸ばした髪の毛は綺麗に手入れされており、太陽の光を受けて輝いていた。

「用事とは、事件ですか」

「あ、えっと……そんな感じです」

自分自身を無理やり納得させるように頷いた麻耶は、花琳の様子を窺うような視線を向けてきたが、目が合ったと同時に急いで逸らす。

とても分かりやすい反応だと思いつつ、花琳は目の前のマンションを見上げた。

事前の情報では、地上十二階建てのマンションで総戸数六百ほど。敷地内に三棟の建物が建ち並んでいて、それぞれA棟、B棟、C棟と区別されていた。

「予想していましたが、普通の大規模マンションですね」

伏見が呟く。

たしかに、なんの変哲もないマンションだった。休日になると、飯田功はここに足を運んでいた。いったい、なにを見ていたのだろうか。

三人で建物に近づいてみる。途中、ベビーカーを押した住人らしき女性とすれ違った。とくにこちらを不審がってはいない。これだけ居住者が多いマンションでは、住人全員と顔見知りというわけにはいかないのだろう。

「それで」伏見は、麻耶の方に視線を向ける。

「このマンションで、過去に警察が関わるような事件は起きていましたか」

質問を受けた麻耶は、唇をしっかりと一文字に閉じて頷いた。

「一件だけありました。半年前に、B棟の外壁の一部が剝げて落下。地上を歩いていた少年が落ちた外壁の破片で足を怪我しています。その子供の両親が、何者かに故意に落とされたと勘違いして警察に通報して、宮前警察署の生活安全課の職員が出動していました」

「それで、原因は分かったのですか」

「はい。二〇一一年に起きた東日本大震災で、建物の一部に亀裂が入っていて、その影響で外壁の一部が剝がれ落ちたとのことです。少年の怪我も軽傷だったので、大ごとにはならなかったようです」

「ほかに、怪我人はいないということですか」

麻耶は頷く。

「念のため、当時の少年の話を聞こうと思ったんですが、すでに引っ越していました。追跡しようと思えばできますが、どうしましょう」

「いえ、とりあえずその情報で十分です」

「……そうですか」

一瞬だけ落胆の色を浮かべた麻耶は、すぐに顔を引き締める。

伏見は内ポケットから手帳を取り出し、ぱらぱらとめくった。

「ちなみに、もう一つお願いしていたクレストコートハウス横浜はどうでしたか」

クレストコートハウス横浜。

飯田功という男が休日に行っていたマンションの一つだと花琳は記憶していた。

麻耶は困ったように八の字眉になる。

「そのマンションでは、とくに警察の出動はありませんでした」

その返答に、顎に手を当てた伏見は吐息を漏らす。

「分かりました。ありがとうございます」

踵（きびす）を返しながら、伏見は車を置いてある方向へと歩み始める。

た。


「また、なにかあったらご連絡ください」

落胆に近い表情を浮かべた麻耶だったが、声を張って伏見の背中に向かって言った。


その声にも、伏見は背を向けたまま頷いただけだった。

「それでは、私もこれで失礼します」

花琳に対して頭を下げた麻耶は、意気消沈した様子で伏見とは別の方向へと歩いていく。

「そういえば」

その時、唐突に、伏見が単調な調子の声を発した。声を張り上げているわけでもないのに、なぜかよく通った。

麻耶は立ち止まって振り返る。目を丸くし、驚いているのが見て取れる。

「東高津（ひがしたかつ）警察署から、県警本部の刑事部に転属したのですね。しかも一課ですか」

突然の言葉に目を瞬かせていた麻耶は、髪を手櫛（てぐし）で整え、ぎこちない調子で頷く。

「出世ですね」

「いえ……そんな」

「僕の見込みどおり、麻耶さんは刑事に向いているということですね」

およそ褒め言葉に似合わぬ無機質な声を発した伏見は、再び歩き出してしまった。

麻耶は呆然と立ちすくんでいたが、やがて少女のように顔を赤らめてから、嬉しそうな笑みを浮かべた。

花琳はその様子を微笑ましく思いつつ、伏見の後を追った。


青いビートルに乗り込んでシートベルトを締めると、伏見はアクセルを踏んで、ゆっくりと車を発進させた。

だんだんとマンションが遠ざかっていくのをサイドミラーで確認した後、伏見を見た。

「さっきの木下さんって人とは、どういった関係なんですか」

「関係、ですか」伏見は前方を見ながらぼそっと言う。

「前に、事件の捜査で一緒になったことがあります。そのとき、麻耶さんは所轄の刑事課に所属していて、しかも自分に刑事の才能がないと思い込んでいました。周囲の人も、刑事に向いていないと考えていたようです」

意外だなと思う。少し会っただけだが、男社会の中でもやっていけるような雰囲気を持っていると感じた。

「僕からしたら、麻耶さんは、根拠なく自分に才能がないと思い込んでいるだけだと感じました。つまり、バイアスに囚われていると思ったのです」

「バイアス、ですか」

「そうです。そして、バイアスに囚われないようにするには、自分自身を疑うことが一番手っ取り早いのです。苦手意識すら疑え、ということですね。その結果、麻耶さんは立派な刑事になりました」

そんなに簡単にいくのかと反論したくなったが、おそらく、いろいろなことがあったのだろうと思い直す。

「次は、クレストコートハウス横浜に行くんですか」

「いえ」伏見は首を横に振る。

「もう一つを見ても、時間を空費するだけでしょう。それよりも、衆議院議員である武藤道仁に会おうと思います」

「……議員に？」花琳は驚く。

「アポイントメントは取ったんですか」

「いえ」

「……それなら、どうやって会うんですか」

返答がない。伏見の横顔は、これからどうしようか思案しているようでもあり、眠気に耐えているようでもあった。

「そうですね」やがて、伏見がぽつりと呟く。

「まず、武藤道仁の議員事務所に行きます。議員会館のほうに行こうかとも考えましたが、杉並区にも事務所があるようなので、とりあえずそこに行ってみます」

伏見はしれっと言う。

「相手は国会議員ですよね」

「はい。しかも元国土交通大臣という大物です」

「……いきなり行って、会えるんですか」

「やってみれば分かります。反対に、なにもしなければ、なにも分かりません」

伏見はまったく表情を変えない。

花琳は呆れ返ってしまった。

無謀だと思いつつ、自分の考えも及ばない策があるのだろうと考え直し、黙っておいた。

車を走らせてから一時間ほどで、目的地に到着した。

東京都杉並区阿佐谷（あさがや）にある武藤の事務所は、雑居ビルの五階にあるようだった。商店街の一画にあるためか、周辺は賑（にぎ）やかだ。

伏見はエントランスの、武藤道仁事務所とかかれたプレートを確認し、インターホンを押した。

しばらくして、男性の声が聞こえてくる。

〈はい〉

「警視庁捜査一課の伏見と言います。お聞きしたいことがあります」

起伏のない声を出した伏見は、警察手帳をカメラに近づけた。

〈……警察ですか〉

緊張した声。

「そうです。警察です」

〈ご用件は、なんでしょうか〉

「この場で話していいのでしたら話しますが、外聞が悪くなるかもしれません」

淡々と伏見は言う。

インターホンの向こう側で、男の表情が強張（こわば）っているだろうと花琳は想像した。

〈あ……いえ……分かりました〉

慌てたような声がしたかと思うと、自動ドアが開錠(かいじょう)された。

伏見は、ジャケットの内ポケットに警察手帳をしまい、ほっそりとした首に手を当てて揉みながら自動ドアを跨(また)いだ。

そのとき、一人の男とすれ違う。

「KGリサーチの、金田敦さんですか」

目で姿を追っていた伏見が問うと、男はビクリと身体を震わせて立ち止まった。

「捜査一課の伏見と申します」

その言葉に、男は身体を反転させた。表情が凍り付いている。

「ど、どこかで、お会いしましたっけ」

「いえ、会っていません。写真で見ただけです」

「写真？」

男が問うと、伏見は頷く。

「捜査二課の城山さんという刑事、ご存知ですよね」

「え、ええ……何度か、会ったことがあります」

金田はおどおどした調子で答えた。相当動揺しているのが分かる。

「どうして、ここにいるのですか。もしかしてご自宅がここなのですか」

「い、いえ、違います……知り合いがいたもので……」

「知り合い、ですか。それは、衆議院議員の武藤道仁ですか」

「えっ」

　金田は色を失う。

「図星ですか」

　伏見が追及すると、金田は慌てたように首を横に振る。

「ち、ちがいますよ」

「では、誰ですか」

　否定した金田に、伏見はいつもの調子で問う。

「だ、誰でもいいじゃないですか。私は忙しいので、これで失礼しますよ」

「そうですか。お気をつけてください」

　伏見の言葉を待たずに、金田は去っていった。

　花琳は驚く。この状況下で、不審人物を取り逃がすのは考えられない。詰問すべき場面だ。

「どうして、取り逃がしたんですか」

「取り逃がす？」伏見は首を傾げる。

「別に、金田敦は指名手配犯ではないと思いますが」

「違いますよ！　こんなところで会ったのは、なにか関係があるからに決まってるじゃないですか！　追いかけますか？」

すでに走る準備が整っていた花琳に対し、伏見は、別に追わなくていいです、と素っ気なく言う。

「この場で問い詰めたところで、有用な情報は得られそうにありませんから」

伏見はすでに歩き出している。

呆れてものが言えなかった。

刑事として失格だ。花琳は苛立ちつつ、伏見の後について行った。

エレベーターで五階にあがる。五〇三の扉はすでに開いており、男が顔を覗かせていた。

五十過ぎの男だった。薄い髪を綺麗に頭に撫でつけている。銀縁眼鏡の奥にある目が、忙しなく伏見と花琳の顔を行き来していた。

「どうぞ」

慎重に発せられた男の声に従って中に入る。

部屋の中は整頓されているものの、段ボールや書類が山積みになっており、雑然とした印象だった。

男は名刺を差し出す。

古池忠一。名前の上には秘書と印字されている。

「突然だったので驚きましたよ。ここには人がいないことも多いんです。今日はたまたま私がいたからよかったものの……」

古池はハンカチで頬のあたりを拭った。声には、非難するような調子が混じっていた。

「こちらに人がいなかったら、議員会館の方に行こうと思っていました」

「え？　そんな勝手なことをしても、先生に会うことはできませんよ」

不快感を露にした古池は、目を怒らせ、書類に触れている伏見を見る。

「触らないでください！」

「すみません」

そう言いつつも、止めようとはしなかった。

「だから勝手に触らないでって言ったでしょ！」

古池は、伏見の手を摑む。

「すみません」

ようやく伏見は動きを止める。

「……それで、捜査一課の刑事さんがなんの用ですか」

「武藤議員に会いたいと思いまして」

さも当然のように言う。

「だから、どうしてですか」

「事件の捜査ですので、詳しいことは直接、武藤議員に伝えます」

「それじゃあ困るんですよ」古池は顔の右半分を歪める。

「私は秘書ですので、先生に事前に伝えるにも……」

その時、着信音が部屋に鳴り響く。

古池は胸ポケットから携帯電話を取り出して耳に当てる。

「はい。どうされましたか」

小声の古池は、口元を手で塞ぎ、足早に窓際に向かう。声のトーンは、今までと違って一オクターブほど高かった。

「はい。先ほどお電話でお伝えしたとおりです。捜査一課の……はい、まだいますが……名前は、伏見真守という刑事です」

伏見を見つつ何度も、はい、を繰り返す。

「質問があります」携帯電話を耳から離した古池が訊ねる。

「もし会うのを拒否したら、どうなりますか」

古池の言葉は、電話口の向こうにいる人物の言葉だろう。

「そのときは、一番煩わしく思うような方法を使います」

伏見は即答する。

その言葉をそのまま電話で伝えた古池は、驚いたように身体を仰け反らせる。

「えっ……よろしいんですか」

古池は、何度か確認するような言葉を発してから、再び携帯電話を耳から離した。

「今日これから、銀座の『千華』という店に来るようにと」

そう伝えながら、古池は不可解そうな表情をしつつ、メモ用紙に住所を書き込んで手渡す。

「行きます。ありがとうございます」

そう言って去ろうとするので、花琳は慌てて口を開ける。

「一つ、聞きたいことがありますが、いいでしょうか」

「……なんでしょうか」

電話を切った古池は、迷惑そうな顔を花琳に向けた。

「先ほど、ＫＧリサーチの金田敦さんと、このビルのロビーで会いました。ここに用事があったんでしょうか」

　古池は、頬をピクリと震わせるが、平静を保っていた。

「ＫＧリサーチの金田君ですか。ちょっと近くを通ったので寄ってくれたんです」

「なんの用事もなしに？」

「ええ。ただの挨拶でした」

「ですが、金田さんは、ここには来ていないと否定していましたよ」

「あなた方が威圧的だったから、咄嗟に否定したんでしょう。知っているかどうか分かりませんが、金田さんは建設会社の元業務屋ですから、警察というものに拒否反応を示したんだと思いますよ」

　あらかじめ回答を用意していたかのように、古池は淀みなく言う。

　もう少し鎌をかけてみようかと思った時、伏見が声を発する。

「僕からも一つお聞きしていいですか。このシュレッダー、先ほどまで使っていましたね」

　指差したその先には、黒い据え置き型のシュレッダーがあった。

　唐突な問いに、花琳の目が点になる。

「ど、どうして……」

顔を引き攣らせた古池の語尾は、声になっていなかった。

「手で触ったら、温かかったので」

「た、たしかに使っていました。書類整理の途中だったんです」

「そうですか。ちなみに、この中の紙屑って、いただくことはできますか」

「駄目に決まってるじゃないですか！　政策上の重要事項なども書かれていますから、たとえ警察の頼みとは言え……どうしても必要と言うのなら」

「令状ですね。そこまでするつもりはありません」

伏見は軽く頭を下げると部屋を出ていった。

呆気にとられた花琳も、急いで後に続く。前を歩く伏見という男が、優秀なのかそうでないのか分からなかった。

エレベーターで一階に降り、ビルを出た二人は車に乗り込んだ。

「どうして、シュレッダーの件を追及しなかったんですか」

花琳は疑問を口にする。紙屑になった段階でも、復元は無理ではない。もしかしたら、事件解決の糸口を発見できるかもしれないのだ。

伏見は涼しい顔を向けてくる。

「相手は政治家の秘書ですよ。あの場で強引に回収しようとしても、突っぱねられるに決まっています。令状を取るのだって、時間がかかりますからね。それに、そもそも令状を取れる根拠がありません」

「……それなら、どうしてシュレッダーのことを指摘したんですか」

疑問だった。聞くだけで、どんな意味があるというのだ。

伏見は、そうですね、と呟く。

「今の古池忠一の態度から、シュレッダーを使っていたのは間違いありません。しかも、表面が熱くなるまで使うとなると、相当量の紙を裁断したと考えられます。なにか後ろめたいものがありそうだと分かっただけでも十分です」

「そんなものですか……」

渋々納得する。あの場面では、ほかにできることはなかっただろう。

「僕がここに来たのは、シュレッダーの中身を回収するためではありません。武藤道仁に会うためです。そして、首尾よく会える算段がつきました」

「……そうですね」

よく分からないが、伏見の目論み通りになってしまった。日本の警察は、こうも簡単に議員に会えるほどの権力を持っているのだろうか。いや、そんなはずはない。目の前の男が特殊なのだ。

伏見は少しだけ得意げな顔をする。

「最初から無理だと思ったら、変わることはできません」

「それを経済学では、なんて言うんですか」

先を読んだ花琳が訊ねる。

しばらく黙っていた伏見は、やがて口を開く。

「僕は、なんでも経済学で表現するほど偏屈ではありませんから」

「……その回答自体が、偏屈っぽいですよ」

「そうでしょうか」

「そうですよ。それに、経済学で殺人事件を解決しようなんて、変人です」

「僕は、どこにでもいる人間ですよ」

伏見は、まるでそれが周知の事実であるかのように言いつつ、車のエンジンをかける。

まんざらでもない。そんな表情を伏見は浮かべていた。

車は銀座に到着したが、駐車スペースがなかなか見つからなかった。しばらく駐車場を探し回り、ようやく二台しかスペースのないコインパーキングに停めることができた。

千華という店は銀座八丁目にあり、クラブやバーが多く入るビルの六階にあった。銀座の街は買い物客でごった返しており、歩くのも一苦労だ。花琳はすれ違う人の服装や顔つきを見て、やはり富裕層の割合が多いなと思った。

人の気配のないビルに入り、六階に上がった。

ワンフロアに二つの扉があり、店の看板も二つ。エレベーターを降りて右側が、目的の千華だった。看板には明かりが灯っておらず、プレートは〝CLOSED〟となっていた。

扉を開けて中に入ると、ピアノのBGMが耳に入ってくる。

暖色系の明かりが煌々（こうこう）とついている店内は、やや眩（まぶ）しく感じた。

「あら、お待ちしておりました」

和服を完璧に着こなした女性が現れ、笑みを浮かべて頭を下げる。髪を綺麗にまとめ上げ、赤く塗った唇が妖艶（ようえん）に映った。

「奥で先生がお待ちよ」

軽やかに身体を反転させて店内に案内する。奥にある赤いソファーに、二人の男が座っていた。一人は恰幅が良く、脂ぎった額を光らせている。ブルドッグを彷彿とさせる容姿を持っており、一目で武藤道仁だと分かる。

ただ、もう一人が謎だった。贅肉を削ぎ落としたように締まった身体の男は、笑みを浮かべてこちらを見ている。年齢は、伏見と同じくらいだろうか。仕立ての良いスーツを着て、ネクタイをきっちりと結んでいる。優男のように見えるが、一分の隙もない。

「待っていたぞ」

足を組んだ武藤が座るように促しつつ、珍妙なものに出会ったかのように目を丸くした。

「なんだ。一課だというから男二人が来るのかと思っていたが、一人は別嬪じゃないか。棚からぼた餅とはこのことだな」

豪快に笑いながら、武藤は花琳を見ながら自分のほうにもっと寄るように言う。応じるつもりが一切ない花琳は微笑み、武藤の対角線上に座ることにした。

その代わりに伏見が隣に座ろうとしたが、武藤に追い返され、結局は花琳の隣に落ち着いた。

「伏見真守と申します。こちらは、人事交流で同行することになった中華人民共和国公安部の花琳さんです」

「中華ぁ？」

眉間に皺を寄せた武藤だったが、すぐに豪胆な笑い声を上げた。

「別嬪の上、中国人か。ますます面白い。お前、経済学者なんだろ？　刑事で経済学者なんて、意外性の塊(かたまり)みたいな男だな」

「よく知っていますね」

「ついさっき、秘書に調べさせたからな」

秘書とは、古池忠一のことだろうかと花琳は思う。

「経済学なんてのには興味はないが、どのように捜査をするのかは気になる。まぁ、いろいろと聞く前に、こいつの紹介だ」

そう言った武藤は、笑みを浮かべている男に視線を向けた。

「東京地検特捜部の神津佳正です」

目を細めて会釈(えしやく)する。

神津という名前に、聞き覚えがあった。午前中、城山の話に出てきた男だ。談合事件を追っているもう一人の人物。

「どうしても、この男が俺に会いたいというから、しぶしぶ秘密基地に連れてきたら、あんたが来たと連絡があってな」

武藤は伏見を指差す。

「捜査一課というから断るつもりだったが、まぁ、ついでだと思って呼んだわけだ。二度手間になるのはアホらしいからな」

「続きの話は、後日にしましょうか」

水を差されたと思ったのか、神津は腰を浮かせて立ち去ろうとする。

「いや、この場で全部終わらせるぞ」そう言った武藤は、ソファーの背凭れに腕を置いた。

「この検事は、俺がＫＧリサーチという会社から裏金を受け取って、奥西建設の飯田という男を闇に葬ったんじゃないかと思っているそうだ。しかも、その飯田という男が、不都合な真実を知っていたから消えるのは好都合だったと。そうだよな？」

問われた神津は、一瞬躊躇するような様子を見せたが、やがて頷いた。

「それで、証拠はないのに、こうして俺に会いにきやがった。まったく面白い男だよ」

皮肉ではなく、本気で愉快に思っているらしいことが表情から読み取れた。

神津はソファーに浅く座る。

「裏金の流れについては、おおまかに把握しています。あとの証拠はこれから集めます。それに、ＫＧリサーチの金田には連日取調べをおこなっていますから、いずれ真実が明らかになるでしょう」

「あんたらお得意の、非人道的な取調べでな」

武藤は冷ややかな笑みを浮かべる。神津は肯定も否定もしなかった。

「それで、捜査一課で追っているのは、飯田という男の死についてか」

武藤は表情を変えない。しかし、目には鈍い光が宿っている。

「はい」

伏見は頷く。

「どうして、俺にたどり着いた」

「それは言えません」

「言えないってことは……」

「僕が知りたかったのは」武藤の言葉を遮った伏見が続ける。

「武藤議員が裏金や談合、不都合な真実というものを隠すために、果たして人を殺すかどうかということ、その一点です」

口を結んだ武藤は、じっと伏見を睨みつけた。

「お前は、どう思う」

「そうですね」伏見は眠たそうな目を天井のあたりに向ける。

「お金をもらって殺害するという構図は、珍しいことではありません。日本では表面化しにくいですが、間違いなくあります。また、政治家が裏社会の人間と繋がっていて、政敵や邪魔者を消すという手段も同様です。ただ、今回の件が談合隠しだとして、依頼するにしても、殺人というのは、どうもリスクが高すぎる選択に思えます。経済学的に考えても、リスクを上回る効用が得られるとは思えません。たとえどんな不都合な真実を飯田功が知っていようとも、武藤議員が直接手を下すことは考えにくいです。ただ、可能性の一つとして、反社会的勢力に依頼することが考えられます」

「俺が、暴力団に殺害を依頼したとでも？」

武藤は鼻で笑う。伏見は表情をまったく変えなかった。

「ゼロではありません。しかし、現状では一〇〇パーセント武藤議員が犯人とも断定はできません」

「検察は俺を犯人扱いしているがな」

神津を指差した武藤が面白がっているように言う。

伏見は、ちらりと神津を見た後、すぐに武藤に視線を戻す。

「殺人という方法を選択することで、武藤議員が大きな効用を得られるのならば、その意見に賛成です。ただ、現時点では殺人を選択することはメリットよりもデメリットのほうが多いはずです。仮に、殺人罪で逮捕された場合、武藤議員はすべてを失います。たかだか裏金程度で、そのリスクを負うとは考えにくいです」

「裏金だけではありません。別のなにかがあるはずです」

神津が口を挟むと、伏見はゆっくりと頷く。

「たしかに、飯田功が、武藤議員のすべてを崩壊させる情報を握っていて、脅していたと仮定するならば、考えられなくもありません。しかし、現状では、そういった事実は摑んでいないのですよね」

伏見が口を閉じたのとほぼ同時に、武藤が自分の腹をポンと叩いた。

「面白いな、お前」武藤はにやりと笑う。

「俺は、KGリサーチに頼まれたからといって、殺人に手を染めるようなことはしないし、不都合な真実もない。それに、隠蔽する手段なんて、ほかにいくらでもあるからな」

武藤は、グラスに入った水割りを飲み干してから立ち上がった。

「この検事を説得してくれ。いくら言っても、俺を殺人犯に仕立てようとするんだ」

そう言い残してから歩き出した武藤は、カウンターに座っていた和服姿の女性の背中を撫でまわした後、店を出ていってしまった。

残された花琳は、伏見と神津を見た。牽制（けんせい）するように、互いに視線を交えている。

「伏見さん、と言いましたね」落ち着いた声だった。

「警察は、奥西建設の飯田功を自殺と判断しました。しかし、捜査一課は今、殺人として捜査しているんですか」

「いえ、僕が独自に捜査しているだけですので、捜査一課の方針ではありませんし、報告も上げていません」

その言葉に、神津は左目を微妙に細める。しかし、笑顔は絶やさなかった。

「そういえば、試験的に経済学者を採用していると聞きました。一度会ってみたいと思っていましたが……警察組織もなかなか冒険心旺盛（おうせい）ですね」

神津は物珍しそうな視線を伏見に向ける。

「僕もそう思います」

同意した伏見は、神津の嫌味にまったく気づいていない様子だった。

こめかみを手で揉んだ神津は、長く息を吐いた。

「先ほど、武藤は殺人を犯すはずがないというご意見でしたが、それは本心からですか。それとも、武藤へのフェイクでしょうか」

「もちろん、本心から言っています」

伏見が答えると、神津は頬をピクリと痙攣させた。

「それなら、武藤に会いにきたのは、どうしてですか」

「犯人ではないと確認するためです」

「つい先ほどの会話だけで、犯人ではないと判断したということですか」

伏見は下唇に人差し指の第二関節を当てて無言になったが、やがて口を開いた。

「僕は、武藤議員が犯人ではないと考えています。『カリカチュア・ヒューリスティック』という言葉をご存知ですか」

問い返された神津は、しばらく無言だったが、やがて首を横に振る。

「これは、ステレオタイプに飛びついてしまう人間の心理を表しています。今回のケースで言えば、悪徳政治家だからといって、裏で悪いことをしているとは限らないということです」

「私のことを暗に……というか、直接的に批判していると受け取っていいですか」

「その解釈で、おおむね合っています」

笑みを絶やさない神津は口を開く。

「権力を持つ一部の政治家は、それと匂わせれば、それだけで周りの人間が動いてくれるということもあるんです。武藤は、飯田の殺害を示唆したただけかもしれませんが、立派な教唆扇動です」

「僕はまだ、飯田功の周辺の事情について把握しきれていませんので、現時点では犯人を特定したわけではありません。ですが、範囲を狭めてはいます」

神津は、探りを入れるような目つきをする。

「いったい、誰が犯人だと考えているんでしょうか」

「まだ分かりません。ただ、飯田功が消えることで、一番得をした人物が犯人です。そして、その犯人は、逮捕される確率を限りなくゼロにする方法を持っています」

その返答に、神津は途端に興味を失ったようだった。

「どうして伏見さんが、武藤にたどり着いたかは不明ですが、私の邪魔だけはしないでください」伏見を凝視しながら言う。

「それに、この件は机上の学問である経済学の領域ではなく、歴とした経済事件にからむ殺人ですので、われわれ特捜部が手掛けます」

「だからこそ、経済学の視点が有効なのです」伏見は淡々とした声で反論した。

「経済事件というのは、一般的には企業の利益という面から合理的な説明が可能です。一般の犯罪の場合、合理的ではない動機で行われる犯罪が多いのです。激情犯などは、一時の感情に囚われて犯行に至ります。しかし、経済事件の場合は、経済的になんらかのメリットがあるからこそ行われます。非合理な動機というのは、ほとんどありません」

「……それはつまり、この事件の解決には、経済学が有効だと言いたいんですね」

「ほぼ完璧な解釈です」

伏見はいつもの調子で言う。偉そうな言葉なのに、不思議と偉そうに感じない。

しばらく無言になった神津は、俯き加減で口元を押さえていたが、やがて顔を上げる。

その表情は意外にも明るかった。

「では、私と伏見さんの、どちらが先に真相にたどり着くことができるか、勝負ですね」

勝負ですか、と伏見は呟く。

「その発案に乗るかどうかは別にして、まんまと逃げおおせたと思っている犯人を捕まえることが、僕の使命ですから」

「つまり、乗るということですね」

「そうなります」

「いいでしょう」

頷いた神津は、それはそうと、と続ける。

「中華人民共和国公安部の方が、捜査一課と同行するなんて、面白いですね」

不思議そうな視線を花琳に向けつつ訊ねる。笑顔の神津からは感情が読み取れなかった。

「人事交流で、そういうことになりました」

「かなり実践的な人事交流ですね。ペアを組んでいるのかと思いましたよ」

「花琳さんは建築についての造詣が深いので、捜査協力をお願いしています」

「捜査協力、ね」

神津は呟く。

顔を伏せていたので表情を見ることができなかったが、少し異様な空気を放っている気がした。

「面白い組み合わせですね。いいでしょう。お手柔らかにお願いいたします」

顔を上げた神津は白い歯を覗かせてから立ち上がり、店を出ていってしまった。残された伏見は、まるで石膏で固められたかのように、その場から動こうとはしなかった。そこへ、先ほどの女性が近づいてくる。

「ご挨拶が遅れました。この店を切り盛りしている千鶴と申します」

名刺を伏見と花琳に差し出す。伏見は軽く頭を下げる。

「ここに店を出して何年くらいになるのですか」

「三年になります」

「武藤議員はいつから」

「この店を引き継いだときから、すでにいらっしゃっていました」

「そうですか。ちなみに、あの絵画はいくらですか」

不意に、北側の壁に飾ってある大きな絵を指差しながら訊ねる。千鶴は目を細めた。

「五千万円という話を聞いています。貰い物ですので、本当かどうかは分かりませんけど」

「へぇ」伏見は、まったく興味なさそうな声を漏らす。

「お金というのは、持っている人のほうに流れていくのですね。一つ、お聞きしますが、武藤議員はリスク選好型の人間ですか」

「リスク……」千鶴は首を傾げる。

「難しいことは分かりませんが、先生は、人を殺すような小物じゃないですよ」

「僕もそう思います」伏見は同意する。

「現時点で、武藤議員が殺人を選択する可能性は限りなく低いです」

「分かってくれます？」千鶴は安堵したように胸に手を置く。

「さっきの方とは違うわ。お二人が来られるまでは、一触即発って感じだったのよ」

「神津さんには神津さんの考えがあるのでしょう。僕は僕なりに、事件を追います」

それよりも、と伏見は言葉を継ぐ。

「武藤議員は、こんなに早い時間から飲むことが多いのですか」

店の時計を確認すると、まだ十七時だった。

千鶴は、悪戯っぽい笑顔を浮かべた。

「ときどきね。先生、浮気性だから、いくつか行きつけの店があるみたいだけど」

「良い職業ですね」

「どうかしら。でも、議員っていうのは、お酒が入って酔っているくらいがちょうどいいらしいの。いろいろと外野が五月蠅いといつも怒っているわ」

「酔っているくらいが……そうかもしれません。では、僕も帰ります」

ようやく立ち上がった伏見は、挨拶もそこそこに店から出る。花琳もしっかりと後ろについていった。

エレベーターを待っていると、伏見は上半身を捻じ曲げて花琳に目を合わせる。

「昨日のメール、ありがとうございました」

　突然言われて花琳はきょとんとしたが、すぐに、奥西建設の飯田が、マカオでなにをしていたかというメールを送っていたことを思い出した。

　中華人民共和国公安部の同僚が調べた限りでは、飯田を含む奥西建設の社員五人は、マカオのカジノで二日間遊び、その後、香港の現地企業に挨拶をしてから帰国したとのことだった。

「予想どおりの行動でよかったです」

　伏見の言葉に、花琳は眉根を寄せる。マカオで遊んでいることが、どうして予想どおりなのか。

「殺された直接の原因かは分かりませんが、飯田功の出張は、裏金作りの出張の可能性があります。どういった方法で裏金を作っているかは不明ですが、なにか、あるはずです」

　その言葉を言い終えると同時に、エレベーターが到着した。

「とりあえず、奥西建設の社長に会おうと思います」

　そう言った伏見は再び背を向けてから、エレベーターに乗り込んだ。

六章　殺人というリスク

1

検事室は本来、静謐(せいひつ)であるべきだと神津は思っていた。

人を裁く場所は法廷だ。しかし、その前段階で、人の罪を見極める役割を担うのが検事室である。つまり、人の人生を左右する選択をする神聖な場所なのだ。しかし現実は、日々の仕事を捌(さば)くために、慌ただしく立ち働かなければならない作業場と化している。

中央合同庁舎の十五階。神津がいる部屋は三人の相部屋だったが、二人の検事は出払っている。その代わりに、一人の人間を目の前に座らせていた。

KGリサーチの金田敦。スーパーゼネコンである島中建設に勤めていた元業務屋。

島中建設は国内での業績は芳しくなく、今や中堅ゼネコンほどの売上高しかないが、〝島中〟の名の威光は健在だ。

「では、もう一度聞きます」

神津は持っていたボールペンのペン先をノートに当てながら口を開く。

「あなたが経営するＫＧリサーチは、談合を取りまとめており、サロンの役割を担っていますね」

金田は喉仏を上下に動かしてから、首を横に振った。

「……いえ、私の企業は、建設業界の動向などをメルマガで配信する会社です」

弱々しく答える。連日、同じ質問をされれば、誰だって気が滅入るだろうと思ったが、追及の手は緩めない。元業務屋を侮ってはいけないという気持ちがあった。さまざまな駆け引きを生業にしていた業務屋だ。弱っている演技くらいは朝飯前だろう。

「これが、メルマガの情報ですか」

神津は、印刷されたメルマガに手を置く。金田が提出してきた資料は、どれもこれも面白みに欠ける読み物だった。

「こんな当たり障りのない無駄な情報を、百社以上の建設会社が欲しがるわけないでしょう？　ＫＧリサーチの会員になる目的は別にあると考えるのが普通です」

笑みを絶やさずに言う。神津にとってこの笑みは、いわば本心を隠す仮面だった。相手に感情を読み取られるのは、つけ入る隙を与えるのと一緒だ。一切の情報を与えないため、笑みというのは非常に効果的だ。

金田は唇を震わせる。

「……そ、そんなことは……」

「では、衆議院議員の武藤道仁に裏金を渡したのは、どうしてですか」

「……裏金なんて、知りません」

「本当ですか？　あなたが、武藤道仁の秘書である古池忠一と会っていたという情報があるんですよ。新宿の京王プラザホテルでね」

その言葉に、金田は視線を泳がせる。

東京地検特捜部は、以前から武藤の動向を窺っており、この情報は内偵調査をしていて偶然発見したものだった。

「……知りません」

金田は首を横に振る。

神津は首を回して肩の凝りをほぐす。

「そうですか。私としても穏便にすませたいんですよ。元業務屋だから知っているでしょ。我々が金田さんの身柄を確保することは、それほど難しいことじゃないんです。偽計入札妨害といった引きネタで身柄を押さえて、一日中取調べしてもいいんですよ」

その言葉に、金田の顔が青ざめる。

贈収賄（ぞうしゅうわい）事件の捜査手法として、贈賄側の身柄を確保して、賄賂の授受を自白させ、そこから贈収賄罪を立件し、収賄側も含めて身柄を確保して授受の事実を固めるのが古典的な方法だった。

机の上に置いた腕時計を確認する。

十三時五十分。昼休憩なしに三時間ほどみっちり絞った計算になる。

「今日はもういいです。またご連絡します」

「……はぁ」

ため息とも返事ともつかない声を発した金田は、よろよろと立ち上がって部屋を出ていった。

神津は机の引き出しからゼリー飲料を取り出して、それを吸いつつノートに視線を落とす。

ＫＧリサーチは、奥西建設の排除を目的に裏金を武藤に渡し、奥西建設はＫＧリサーチが主導している談合組織を潰そうとして裏金を武藤に渡した。結果、KGリサーチに軍配があがり、奥西建設の飯田功が殺された。もちろんそこには、武藤個人の思惑も絡んでいると考えられる。

果たして、武藤が飯田功を殺害するだろうか。自らの手を汚すことはあり得ない。しかし、間接的な関わり方なら十分可能性はある。

現時点で握っている証拠は、KGリサーチの金田と武藤の秘書である古池忠一が会っていたということ。裏金を渡している現場でなかったのが悔やまれるが、二人の組み合わせだけでも、疑う条件としては十分である。

そして、奥西建設の飯田功が、新聞記者に接触しようとしたという事実。詰めなければならないことは多々あるものの、武藤を逮捕できる勝算は十分にある。飯田功のことは、その後に聞けばいい。

時計の針が十四時を指したとき、部屋の扉がノックされ、捜査二課の城山が現れた。

「急に呼び出して、すみません」

笑顔を顔に貼り付けた神津は、努めて明るい声を出す。陰気な表情の城山は、爬虫類を彷彿とさせる大きな目をこちらに向けていた。

「どうぞ、お掛けください」

座るよう城山に勧める。先ほど金田が座っていた椅子だ。

「捜査のほうは、どうですか」

「まだ、なんとも」

城山は恐縮するように肩をすくめて答える。どこかわざとらしく思える。

「今は、どのアプローチで調査しているんです？」

「アプローチですか？　えーっとですね、奥西建設近辺を当たっています」

「具体的には？」

神津は追撃する。協調態勢を結ぼうと言ったが、それは特捜部からの正式な要請ではなく、いわば個人的な約束事にすぎない。城山の立場を考えると、検事の要請に応えないわけにはいかないだろうが、面従腹背（めんじゅうふくはい）ということもある。特捜部と捜査二課の領域は、重複するところが多いので、自然、競争意識が働く。

「そうですね……」城山は目を閉じる。

「奥西建設には、情報提供をしてくれる橋本広嗣という男がいるんですが、少し前から行方不明なんです。彼には、KGリサーチが談合を取りまとめているという証拠を流してもらおうと思っていたんですがね」

「失踪、ですか？」

初耳だった。飯田功の死と、橋本広嗣の失踪に関連はあるのだろうか。

「分かりません。事情があって身を隠したかもしれませんし、殺されたのかもしれません」

「穏やかじゃないですね」

自分の推測が大幅に間違ってはいないと神津は自信をますます深める。KGリサーチ、奥西建設、そして武藤道仁は怪しい。

「ともかく、引き続き橋本の行方を追うつもりです」

「分かりました」神津は机の下で足を組んだ。

「私は先ほど、任意でKGリサーチの金田の取調べをしました」

城山は薄い唇を軽く開き、反比例するように、丸い目を細める。

「なにか吐きましたか」

「まだ自白はしていません。KGリサーチへの強制捜査も考えていますが、時期尚早でしょう」

こめかみのあたりを指で揉んだ。

経済事件の特徴として、記録化の必然性が挙げられる。殺人や強盗といった犯罪では、犯人は記録というものをする必要がない。それに対して経済事件の場合は、記録を残しておかなければ、業務に支障が出るという特徴があった。経済事件は個人の意思のみでするわけではないので、犯罪を行う過程でも連絡や共通認識を持つ必要がある。必然的に、メモやノートや報告文書といった証拠物が残っているのが普通だった。

ＫＧリサーチの金田は、取調べが始まってから証拠物を破棄し始めた可能性がある。それならそれでいいと思っていた。証拠を完全に消し去るのは難しい。必ず見落としがあるし、記録に不自然な抜けがあれば、そこを突けばいい。

ともかく今は、自白をさせ、そこから全ての真実を引きずり出そうと考えていた。

「その橋本という男が見つかったら、私にも教えてください」

「分かりました」

頷いた城山だったが、その顔には不審そうな色が浮かんでいた。今日呼ばれたのは、たったこのためだけなのかと問いたいのだろう。

神津は手を口に当てて咳払いをした。

「そういえば昨日、衆議院議員の武藤に会ってきましたよ。それで、殺人を示唆したかと聞いてみました」

「え……」城山は、信じられないといった表情を浮かべた。

「い、いきなりですか」

「捜査対象になっていると分からせるほうが得策だと判断しました。もし、隠蔽などの妙な動きをした場合には、そこを押さえます」

相手に手の内を明かすのは諸刃の剣だ。しかし、相手を動揺させてボロを出させることもできる。もし武藤が飯田功殺害の手引きをしているのならば、妙な動きをするはずだ。そのために、部下を二人張り込みに当てていた。

「ともかく、城山さんも情報があれば逐一教えてください」

「分かりました」

「それともう一つ」神津は本題を口にする。

「武藤に会いに行ったら、途中で、捜査一課の伏見という男が現れました」

一度言葉を区切り、城山の様子に変化がないか注視する。しかし、特段変わったところはなかった。

城山を凝視したまま、神津は続ける。

「どうして、一課の刑事が武藤にたどり着いたのか分からないんです。なにか知っていますか」

城山は首を傾げた。

「さぁ、知りませんね。私は、一課とは接点がほとんどありませんから」

「そうですか。私はてっきり、城山さんが情報を漏らしたのかと思いましたよ」

「私に、一課に義理立てをする理由はありません」

「でも、警察組織という枠組みで考えたら、義理立てするんじゃないですか」

「警察組織は、神津検事が思っているほど固い結束で結ばれているわけじゃありませんよ」

城山はそう言うと、口の端を上げて余裕の表情を浮かべた。

演技をしているかどうか、神津には判断できなかった。

2

中央合同庁舎から出た城山は、乾いた唇を舌で湿らせる。

たしかに、伏見に武藤の名前を明かした。しかし、こうも首尾よく武藤と接触するとは思わなかった。

道を歩きつつ、腕時計を確認する。

十五時半。

伏見に会い、武藤のことを聞こうかとも考えたが、早急に確認したいことがあった。

東京メトロ丸ノ内線の霞ケ関駅で電車に乗り、四ツ谷(よつや)駅でJR中央線に乗り換え、三鷹(みたか)駅に到る。

三鷹駅から歩いて十五分ほどのところに、奥西建設の社宅があった。築三十年の三階建てマンション。外壁は白いタイル張りで、手入れが行き届いていて清潔な印象を受けた。

一〇一号室のインターホンを押す。しばらく待つと、中から初老の男性が姿を現した。白くなった髪は薄く、赤みがかった頭皮がよく見えた。

「警視庁の城山です」

「あぁ、午前中の電話の」喉を酷使した後であるかのように声が掠(かす)れている。

「管理人をしている幸田(こうだ)です。いやぁ、いきなり警察から電話がきて、なにかと思いましたよ」

「急にすみません」

「いやいや、べつにこっちは構わないんだけどね」

そう言った幸田は、顔を近づけてくる。口臭が酷かった。

「三〇三号室の彼、まだ見つかってないの？」

「そうですね」

「事件に巻き込まれたのかなぁ。それとも、仕事が嫌になっちゃったとか？」

「どうでしょうか」世間話をしている暇はないと言いたかったが、ぐっと堪える。

「鍵を、お借りしてもよろしいでしょうか」

「あ、鍵ね。はいはい。会社から許可の連絡がきているので、大丈夫ですよ」

思い出したように幸田は頷き、玄関の左側にある棚の上から鍵を取った。

「これが三〇三の鍵。終わったらまたインターホンを押して呼んでくださいね」

そう言って鍵を渡すと、大きな欠伸をした幸田は扉を閉めてしまう。目に充血が見られた。昼寝でもしていたのだろう。

階段を使って三階に上り、〝橋本〟というネームプレートを確認してから三〇三号室の鍵を開けて中に入った。

橋本が失踪して、四日が経っていた。

一日目の無断欠勤のとき、営業三課の上司が連絡を何度かして、電話が繋がらなかったのでここを訪問したらしい。社宅のため、上司はすぐに中に入って無人であることを確認した。家の中で倒れている懸念はその時点で払拭されたが、相変わらず連絡は取れないままだった。

橋本が失踪してからというもの、城山は持ちうる手段を講じて行方を追っていたが、足取りは摑めなかった。そこで、奥西建設に連絡し、事件の捜査だと言い、こうして部屋の調査をすることにしたのだ。

靴を脱ぎ、ビニールの足カバーを履いてから廊下を進む。換気をしていないためか、少し埃っぽく、空気も淀んでいる。

間取りは1LDK。一人暮らしには十分な広さだった。

整頓された部屋を見回す。一見して乱れはない。手袋をはめた城山は、テーブルの上のメモ帳や、引き出しを入念に調べる。次に、卓上カレンダーに目を移す。不審なマークや言葉は書かれていない。

クローゼットを見ると、旅行鞄があった。箪笥の中を見ても、極端に減ってはいない。

ふと、前に橋本のスマートフォンの画面に表示されていた女性の顔を思い出す。

ショートカットの、頰がぷっくりした女性を想起しつつ写真を探す。しかし、写真などはなく、女性の持ち物らしきものも見当たらない。

再び、画面に映っていた女性の顔を頭に浮かべ、脳内で鮮明に再生する。橋本は一人っ子だから、家族ではない。親族の可能性は否定できなかったが、わざわざ顔写真を登録するとは思えない。付き合っている女性と考えるのが妥当だろう。

もしかしたら、橋本の失踪について事情を知っているかもしれない。確認するためにも、名前を突き止めなければならなかった。

手がかりはないかと部屋を探す。

机を調べていると、家計簿が出てきた。中をパラパラとめくる。かなり几帳面に収支が書かれていた。男なのに珍しいなと思いつつ、最後のページを開くと、折りたたまれた紙が足元に落ちた。それを拾い上げて中身を確認すると、名前と住所が書いてあった。

〝星野明美〟

住所は中野区とあり、中央線なら乗り換えなしでいける。

まだ十七時を回ったばかりだ。一縷の望みをかけて、書かれている住所に向かうことにした。

鍵を管理人に返した城山は、電車に乗って中野駅に行き、紙に書かれた住所に向かう。駅から徒歩でいける距離ではなかったので、タクシーを使った。

繁華街を抜け、住宅街でタクシーを降りた城山は、書かれた住所に建っているマンション名を確認する。〝フェアリークルール中野〟と書かれたマンションは、デザイナーズマンションのような洒落た外観をしている。玄関はオートロックで、左右にはゴールドクレストの鉢が置かれていた。

張り込みをしようか迷い、周囲を見渡す。住宅街のため、喫茶店などはない。幸い、穏やかな気候だったので、エントランスがぎりぎり確認できる場所まで離れ、様子を窺う。

陽が落ち、街灯の明かりが灯る。

マンションに立ち入ると、管理人室がある。しかし、すでに帰宅しているのか、中は暗かった。一度出直そうと思い、城山は身体を反転させた。

翌日の朝九時。

城山は再び、フェアリークルール中野に向かった。

眠気を覚ますため、中野駅で缶コーヒーを買ってタクシーでマンションに向かう。

目的地の少し手前で降り、自動販売機の横に設置してあるゴミ箱に空き缶を捨てる。

フェアリークルール中野の正面玄関に足を踏み入れると、スーツ姿のサラリーマンが二人、立て続けにマンションから出てきた。昨日マンションを調べたところ、単身者用のワンルームマンションだった。

管理人室を覗き込むと、初老の男が座っていた。

「すみません」

城山が少し屈(かが)むと、男はスライド式の窓を開けた。

「星野明美さんという方が、このマンションに住んでいると思うんですけど」

警察手帳を見せながら訊ねると、男は皺だらけの顔に驚きの表情を浮かべる。

「……星野さん、ですか」

「そうです。若い女性です」

橋本のスマートフォンの画面を頭に浮かべつつ、ショートカットと言おうとしたが、髪型が変わっているかもしれないと思い直した。

「ある事故を目撃した人物を捜していまして、防犯カメラをチェックしていたら、星野さんらしき人物が映っていたんです」

根掘り葉掘り聞かれる前に先手を打つ。相手が詮索(せんさく)好きの場合、話が長くなる恐れがあった。

「……事故？」

「はい。一般的な自動車事故ですが、片方の車が逃げてしまいまして。そのときの状況を目撃されていないか伺いに来たんです」

男の目から、好奇の色が消えていく。

「星野さんですか。たしかにいますが、今はいませんよ」

「外出しているということですか」

「そうですね」男は壁に掛かっているカレンダーを見た。

「四日前に長期の出張かなにかがあると言って、これを渡されましてね」

管理人室を指差す。そこには、鉢植えのバラがあった。

「留守にしている間、世話をしてくれと言われました」

「引き受けたんですか」

「このマンションは単身者用なので、そういった頼まれごとをされることが多いんですよ」

そういうものかと城山は思う。

「出張ということは、仕事ですよね」

「仕事以外に、出張って言いますか。遊びだったら旅行とか……」

「どこに行ったか分かりますか。いえ、勤め先は？」

言葉を遮って訊ねる。

「いや、そこまでは……」

後頭部を掻きながら、男は困惑気味の表情を浮かべた。

「そうですか……ありがとうございます」

頭を下げた城山は、男に背を向けてからエントランスを出た。

遅きに失したという気持ちが心を満たし、舌打ちをする。

橋本の失踪と時を同じくして出張。あり得なくはないが、出来過ぎている。橋本と一緒に行動したと考えるほうが妥当だろう。

「いったい、なにがなんだか分からないな……」

素直な心情を吐露した城山は、ひとまず桜田門に向かった。

警視庁に戻った城山は、その足で地下二階へと降り、資料庫の扉を開けた。

中には、伏見と花琳（ファリン）の姿があった。

「おい、武藤道仁に会ったそうだな」

ソファーに正座している伏見に声をかける。しかし、伏見は、目の前にあるホワイトボードを眠そうな目で見つめ続けている。そこには、妙な数式の羅列のほかに、武藤道仁という名前も書かれてあった。

「いったい、なにを聞いてきたんだ」

声を張ると、ようやく伏見がこちらを向いた。

「あぁ、城山さんですか。どうしたのですか」

単調な声を出す伏見に苛立ちを覚え、口を歪める。

「衆議院議員の武藤道仁に会っただろ」

「はい」

伏見はゆっくりと頷く。

「なにを聞いてきたんだ」

「武藤議員が、殺人を犯したかどうかを聞きました。ただ、最初に聞いたのは僕ではなく、同席していた検事の神津さんです」

「……事情を聞かせてくれ」

眩暈(めまい)を覚えた城山は、キャビネットに手を置きながら訊ねる。

伏見は薄い唇を軽く開けた。

「僕が来る前、神津さんは武藤議員に対して、奥西建設の飯田功を殺したんじゃないかと問いただしていたそうです。ただ、よくよく話を聞いてみると、直接殺害したというより、誰かに殺させたのではないかというニュアンスだったみたいですが」

「それで、武藤はなんて答えたんだ」

「そんなことはしないと断言していました」

当然だと城山は思う。神津がなにを考えて正面から突入するような愚行に出たのか理解できなかった。

「それで、お前の判断はどうなんだ。武藤が人を殺したと思っているのか」

「それはないでしょう」伏見はすぐに否定する。

「武藤議員が裏金や談合といったものを隠蔽するために、わざわざ殺人というリスクの高い選択を取るとは考えにくいです。飯田功がこの世にいたら困るという要因がほかにあれば話は別ですが」

「そんな要因があるのか」

「今のところ、思い当たりません」

「そうか」城山は腕を組んだ。

「それよりも、俺が武藤の名前を出したことを、神津に言っていないだろうな」

「どうしてですか」

伏見は首を傾げる。

「お前に肩入れしているのが露見すると、いろいろと面倒なんだよ」

吐き捨てるように言うと、寝惚け眼の伏見は、眉をわずかに上げる。

「そうですか。城山さんのことは言っていませんよ」

「ならいい。これからも喋るなよ」

城山は念を押してから、花琳を一瞥する。花琳はノートパソコンの画面を睨みつけていた。

「一つ、お聞きしてもいいでしょうか」

そう言った伏見は靴を履いて立ち上がると、ホワイトボードの右上に文字を書く。

〝ヨーカン五本〟

「これの意味、分かりますか」

「羊羹？　五本も食べたいのか？」

「とびきり甘いやつを食べたいですが、今は違います」伏見は首を横に振る。

「建設業界の隠語とかではないですか」

「……どうだろうな」

そんな言葉は聞いたことがなかった。

「そうですか」

興味を失ったように城山から顔を背けた伏見は、靴を脱ぎ、再びホワイトボードを見つめる。

「……なにか分かったら連絡してくれ」

煙に巻かれたような気分になった城山はそう言い残し、資料庫を出た。

廊下を歩きながら、混乱する頭を整理する。

武藤が飯田功を殺した、もしくは死に追いやったとは考えにくい。しかし、神津は武藤の関与を疑っている。なにかを摑んでいるのか、それとも、特捜部特有の〝シナリオありき〟の強引な捜査なのか。

失踪した橋本広嗣と、星野明美。この二人は繋がっている可能性が高い。謎に包まれている星野明美という人物については、身上照会をする必要があるが、もう少し関係性を明らかにしなければ許可されないだろう。

城山は息を吐く。

自殺した飯田功と橋本広嗣は、同じ会社に勤めている。

衆議院議員の武藤道仁や、ＫＧリサーチの金田は、ここにどう関係しているのか。

まだ全体像が見えてこなかった。
パズルのピースが足りないのか、そもそも組み立て方が間違っているのか。
現状では、どうとも判断がつかなかった。

七章　プロスペクト理論

1

　城山が資料庫から出ていったのを音で確認した花琳（ファリン）は、パソコンの画面から目を離し、伏見を見る。

「奥西建設が現在施工しているマンションの一つに、ロイヤルグレイス調布（ちょうふ）というところがありますね」

「そうですか」

　ホワイトボードから目を離さずに頷いた伏見は、ソファーから降りて靴を履き、花琳に視線を向けた。

「では、そこに行きましょう」

パソコンを閉じた花琳は頷く。

飯田功が休日に見に行っていたサンメゾン川崎とクレストコートハウス横浜は、ともに奥西建設が施工したマンションだということが判明した。そこで花琳は、ほかに奥西建設が手掛けているマンションがないかを捜し、ロイヤルグレイス調布を見つけた。

「建設途中なら、現場にいる方に、なにか話が聞けるかもしれません」

そう言うと、テーブルの上に置いてあった手帳を内ポケットにしまい、資料庫から出る。ジャケットを手に持った花琳は、そのあとを追った。

伏見のビートルは、財務省の近くにあるコインパーキングに停めてあった。車で通勤することが多いらしく、月極で借りているらしい。

カーナビゲーションに住所を入力した伏見は、車を発進させる。歩くのは早いわりに、車の運転は慎重だった。

「飯田功は、自分の会社が造ったマンションをどうして見に行ったんですかね」

「そうですね」前を向いたまま、伏見が呟く。

「人は、なにかを得ることよりも、なにかを失うことのほうが二・二五倍大きく感じます。たとえば、千円をもらうことと、千円を失うことは絶対値的には同額ですが、人は千円を失うと二千二百五十円失ったようなショックを受けます。これは『プロスペクト理論』のなかの『価値関数』という考え方です。人は利益よりも損失のほうをより強く感じます。そして、損失を回避しようと行動します。これを損失回避性と言います」

「……つまり、どういうことですか」

赤信号で止まった伏見は、花琳を一瞥した。

「飯田功は、なにかを失うことを恐れていたのではないかと、僕はそう考えています」

「……どうして、そうなるんですか」

伏見の理論は、やや飛躍しているように感じる。

伏見は、少しだけ困ったような顔をした。

「花琳さんは、異性と付き合ったときと、別れたとき、どちらが感情を掻き乱されますか」

「それは……」

真面目に答えようとして口をつぐむ。

「経済学的に考えれば、別れたときのほうがショックは大きいはずです」伏見は淡々と続ける。

「失いたくない相手だったら、という前提ですが。飯田功も、なにかを失いたくなくて、それを回避するために行動したのではないでしょうか。つまり、奥西建設の造ったマンションは、なにかを損なう危険性があり、実際に見に行ってその危険性を確かめていたのかもしれません」

そう言ったきり、車内は沈黙に包まれる。

調布に到着したのは、出発してから一時間ほど後のことだった。

ロイヤルグレイス調布は、ほとんどできあがっているように見えた。十四階ほどの高さの中規模マンションの外壁はチャコールグレーで、シックで落ち着いた印象だった。

工事現場の仮囲いには、奥西建設という文字が書かれている。その隣には、大手デイベロッパーの社名。

警備員の立つ出入り口から、大きなダンプカーが砂埃を舞い上がらせながら出ていった。

伏見はなんの躊躇もなく、誘導灯を持つ警備員の前を横切る。

「ち、ちょっとあんた！」慌てて声を出した警備員が伏見の方に手を伸ばした。

「勝手に入っちゃだめだよ」

「こういうものです」

伏見はまるで蠟人形のように表情を一切変えずに、警察手帳を提示した。

「……警察？」

驚きの表情を浮かべた警備員が、警察手帳をまじまじと見る。

「ここの責任者にお会いしたいのですが」

「え？　責任者？」

警備員は被っているヘルメットに手を置く。明らかに困惑していた。

「できれば、奥西建設の責任者をお願いします」

「そう言われても……俺はただの派遣だからなぁ……」

「では、僕が自分で探し出します」

「そ、それは困るよ」

「どうしてですか」

伏見は能面のような顔を向けて訊ねる。警備員は、未知の生物と遭遇したかのように怯えた様子だった。

「どうしたんだ？」

声と共に、工事現場の方向から作業着を着た男が歩いてくる。かなりの声量だ。

「あ、警察の人が……」

警備員は助けを求めるような眼差しを向けながら言う。

「警察だとぉ？　事故なんて起きてねーぞ」

男はヘルメットのツバを持ち上げた。眼光鋭く、無精髭を生やしている。やや太り気味で、なんとなく河豚に似ていると花琳は思った。

「責任者の方と話をしたいのですが」

「俺が責任者だ」

不愛想に言う。

「奥西建設の方ですか」

伏見の問いに、男は頷く。

「所長の久保田だ。で、あんたらは？」

「捜査一課の伏見です。こちらは、中華人民共和国公安部の花琳さん」

「中国人……の刑事か？」

胡散臭そうな目を向けられた花琳が頷くと、久保田は嫌そうに顔をしかめる。

「……中国って国は、あまり信用できねぇんだよなぁ」

その言葉に、花琳はカッと頭に血が上って睨みつける。すると久保田も睨み返してきたが、すぐに、相好を崩した。

「いい目つきだ。俺の現場に不法滞在者はいないぞ。たぶんだがな」

そう言うと、愉快そうに笑う。

「冗談だから忘れてくれ。それで、用件はなんだ」

伏見のほうに向きなおった久保田が訊ねる。

「飯田功さんという方が自殺したことはご存知でしょうか」

「あぁ、会社の訃報欄で見たよ。まぁ、自殺ってのは噂で聞いただけだがな」

荒っぽく言った久保田の表情が曇る。

「交友関係があったんですか」

伏見の問いに、久保田は口を歪めた。

「あいつは営業だったからな。何度も飲みに行った」

「どんな方でしたか」

伏見の問いを受けた久保田は、目尻を擦って目脂を取った。

「……どうって言われてもなぁ。良い奴だったよ」

「たとえば、自殺するような悩みを抱えていた様子はありませんでしたか」

「それは……ねぇな。実は、あいつが自殺する前日に一緒に飲んでたんだが、まったくそんな風には見えなかった。俺も変だと思ったんだ。あいつが自殺したなんて、信じられん」

久保田はしきりに首を傾げる。

猫背の伏見は、眠そうに目を瞬かせる。

「前日というのは、マカオから帰国した翌日ですね」

「施主の接待をしてから、二人で遅くまで飲んでいたよ」

「その時は、なにか悩みを吐露していませんでしたか」

「そうだな……」久保田は顔を伏見に近づけて、声のトーンを落とす。

「二人目の子供が欲しいと言っていたくらいだ」

花琳の心臓が跳ね上がる。この言葉が本当だとしたら、自殺する人間の吐くセリフではないことは明らかだった。

「そうですか」

久保田は周囲に視線を走らせた。

「……あんたらは、あいつが自殺じゃないって思っているのか？」

「はい」

伏見が即答したので、久保田は目を見開く。

「そうか……」呟きつつ、久保田は納得するように頷いた。

「俺も、自殺なんかじゃないと考えてたんだ」

「僕は、他殺の可能性を考えています」伏見は続ける。

「まだ推測の範疇を超えていません。証拠もありません。ですが、飯田功さんが自殺するとは考えにくいのです。必ず、真実を暴いてみせます」

言い終わると、久保田はなんともいいがたい複雑な表情を浮かべる。

「……そうだな。まぁ、頼むよ」

その様子を見ていた花琳は不審に思う。久保田が、真実を暴くという言葉を聞いた途端に、表情を曇らせた気がした。

「聞きにきたのは、飯田のことだけか」

気を取り直したように、久保田が声を張る。伏見は眠そうな目をじっと向けつつ、口を開いた。

「まだあります。奥西建設には失踪した方がほかにも……」

「星野のことか！」

唐突に久保田が叫んだ。口調に怒気が混じっている。

「俺のほうが聞きてぇくらいだ！　副監督の癖に、留守電にしばらく休むって伝言を入れただけで急に消えやがって！　連絡もつかないし、いったいどうなってるんだよ」

「星野、ですか」

やや慎重な調子で伏見が言った。

「そうだよ。あんたらはそれを……あ、違うのか？」

久保田は目を瞬かせ、きょとんとする。

「僕が聞きたかったのは、橋本広嗣さんという方です。彼も、音信不通になっています」

「……あいつも、いなくなったのか？」

久保田は驚きを禁じ得なかったようだ。

「そのようです。ちなみに、星野さんという方も失踪したのですか」

伏見は淡々とした声で訊ねる。

戸惑った表情を見せた久保田は、言うかどうかを悩むように唇を動かした後、ようやく決心がついたように一度頷いた。

「星野は奥西建設の建築部の人間で、このマンションの副監督を任せていたんだが、少し前から姿を消しやがったんだ」

「いつ頃のことでしょうか」

「四日前くらいだな」

「ちょうど、橋本広嗣さんが失踪した日と合致しますね。ちなみに、橋本広嗣さんと星野さんは、どのような交友関係だったのか知っていますか」

「いや、分からんな」

久保田は首を振る。

「そうですか。星野さんの下の名はなんというのでしょうか」

伏見の質問に久保田は、明確の明に、美しいと書いて明美だと伝える。

「わかりました。もう一つ、お聞きしたいことがあります」

手帳にペンを走らせ終えた伏見が一歩前に出た。

「な、なんだよ……」

急に距離を詰められたことで、久保田は後ろに下がる。

「このマンション、しっかりと造っていますか」

「……どういうことだ？」

「建築偽装をしていないかと訊ねているのです。どうですか」

その言葉を聞いた久保田は、鬼の形相をして怒声を発し、伏見と花琳をその場から追い払った。


工事現場を後にした花琳は、ビートルの助手席に乗り込む。運転席に座った伏見は考えごとをしているらしく、エンジンをかけようとしない。

「最後の質問、なんだったんですか」

花琳が訊ねる。

——このマンション、しっかりと造っていますか。

唐突な質問だったし、失礼極まりないものだ。

伏見は、視線をこちらに向けてくる。

「特に意味はありません。ただ、最近建築偽装が流行っているので興味本位に聞いただけです」

それより、と伏見は話題を変える。

「先ほどの話を聞いて、どう思いましたか」

回答を得ていない花琳は胸中にもやもやとしたものを残しつつも、率直な感想を述べる。

「奥西建設は、怪しいと思います」

花琳はフロントガラスの先にある空を見た。

飯田功が自殺し、橋本広嗣と星野明美が失踪した。しかも短期間のうちに。

彼らの共通点は奥西建設に勤めていること。偶然とは考えにくい。

伏見の考えでは、飯田功は自殺ではない。その場合、橋本広嗣と星野明美が失踪した理由はなんだろうか。

飯田功の死に関係があるのか、それとも飯田功と同じく――。

そこまで考えたとき、車のエンジンがかかった。

伏見が、ギアをドライブに入れて車を発進させる。

「どこに行くんですか」

「一度戻ります」

平淡な調子で答えた伏見は、そのままのリズムで続ける。

「正直なところ、まだ情報が足りていません。また、僕自身、『注意の焦点化効果』に陥っている可能性があります」

「……なにが言いたいんでしょうか」

話が見えてこない花琳が訊ねると、伏見が横眼で一瞥してくる。

「手持ちの情報を中心に仮説を構築していますが、それでは説明できない部分が多いのです。なので、角度を変えてみようと思います」

そう言ったきり黙り込んでしまう。

車は制限速度ぎりぎりを維持して、警視庁へと向かった。


警視庁の資料庫に戻ると、城山がソファーに座って文庫本を読んでいた。

「お、帰ってきたな」

そう言って立ち上がった城山は、文庫本をジャケットの内ポケットに入れる。

「本を読まれるのですね」

「あぁ、ミステリーを少し……」

伏見の質問に答えた城山は、ばつの悪そうな表情になる。

「……それで、調査のほうはどうだ」

「まだ、なんとも言えないですね」

伏見は自分の机に向かい、引き出しから袋を取り出した。

「食べますか」

「いえ、いりません」

花琳は袋に書かれているミルクチョコレートという単語を見ながら言う。城山も首を横に振っていた。

「このハーシー社のチョコレート、甘くて好きなんです。日本のチョコレートは、どうも薄味で味気ないと思います」

チョコレートを薄味と表現する伏見を不気味に思いつつ、花琳は、糖尿病にならないのだろうかと心配になった。

「先ほど、奥西建設が造っているマンションを見に行きました。場所は調布です」

唐突に伏見が本題に入ったので、城山は面食らってポカンとしていた。

伏見は構わずに続ける。

「現場監督の久保田という人から聞いた話では、奥西建設の社員で失踪した人間は、橋本広嗣だけではなかったようです。星野明美という女性も、ほぼ同時期に姿を消していました」

「星野……」城山は顔色を変える。

「……そいつは、奥西建設の社員なのか」

「はい。まだ詳しく調べたわけではありませんが、間違いありません」

「そうか……」城山は思案顔になった。

「また、なにか分かったら教えてくれ」

そう言い残して資料庫を出ていってしまった。

星野明美に心当たりがあるのだろうかと花琳は思いつつ、すでに自分の世界に埋没している伏見を見た。

ソファーの上で正座した伏見は、数式の書かれたホワイトボードを眺めていた。

することのなくなった花琳は、バッグからノートパソコンを取り出して開く。

公安部の同僚からメールが一件入っていた。

件名に〝続報〟と書かれている。

メールを開き、内容を読む。奥西建設の社員がマカオに行っていた件から始まっていたが、意外な内容に目を通す。

「……伏見さん。ちょっとこれ」

花琳は画面から目を離さずに言う。

「中国語は読めませんね」

いつの間にか隣にいた伏見の言葉に驚く。気配がまったくなかったので気づかなかった。

「あ、えっとですね」

翻訳しようかとも思ったが、内容を掻い摘んで話すことにした。

「同僚が、奥西建設の社員の動きを調査してくれていたんです」

「たしか、奥西建設の社員が高級ホテルに泊まり、マカオのカジノで遊んでいたということでしたね」

「そうなんですが、奥西建設はシンガポールでの建設重機オークションに、頻繁に参加しているということがメールに追記されて届きました」

「オークションですか」

花琳は頷く。

「メールによると、建設重機のオークションで、海外で使ったダンプやブルドーザーを売っているようです」

「それが、どうしたんでしょうか」

「どうって……なにかのヒントになるかと思ったんですけど」

伏見は、今にも眠り込んでしまいそうな目を花琳に向けた。

「ヒントですか」

顎に手を当てて目を瞑った伏見は、微動だにしない。眠ったというよりも、時間が止まってしまったようだった。

「どうしたんですか？」

あまりに動かないので、思い切って問うが反応はない。

「あの……」

「そのオークションは、飯田功を含めた奥西建設の社員がマカオに行った時期と被っていますか」

目を開いた伏見は、薄い唇を動かした。

「どうでしょうか……」

花琳は添付ファイルを確認する。ファイルには、飯田功ら奥西建設の社員名と、出入国の記録が羅列されていた。不定期だったが、およそ二ヵ月に一度の頻度のようだ。その隣の行には、シンガポールでのオークションの開催時期。両方を照らし合わせる。

「時期は被っていませんが、オークションの開催後、一ヵ月と置かずにマカオに行っています。社員はいつも同じようなメンバーですね」

「そうですか」伏見はパソコンの画面を覗き込みながら頷く。

「いいヒントになりました」

ジャケットの内ポケットから名刺入れを取り出しながら呟いた伏見は、一つの名刺を抜き取り、それを見ながらスマートフォンをタップして耳に当てた。

「警視庁の伏見と言います」

花琳は、どこに電話をかけているのだろうかと名刺を覗き込む。そこには、奥西建設と印字されていた。

「コンプライアンス課の及川さんをお願いします」

そう言ってから、しばらく無言が続く。花琳は聞き耳を立てた。

「及川さんでしょうか」再び声を発した伏見は、やや早口で続ける。

「社長に会いたいのですが。はい。いえ、今日です」

伏見の言葉に、花琳は耳を疑う。

「無理？　拒否する根拠はなんでしょうか」

伏見は顔をしかめる。不機嫌になっているようだったが、すぐに元の表情に戻る。

「捜査一課の刑事が奥西建設を調査しているなんて世間が知ったら、いろいろと面倒だと思います。もちろん、令状という正式な手続きを踏んでもいいのですが、穏便に済ませるのでしたら、今、折れたほうがいいかと思います」

明らかな脅し文句だった。電話の向こう側にいる及川の焦った表情が容易に想像できた。

「分かりました」

スマートフォンを耳から離した伏見は、花琳を見る。

「とりあえず行きましょう」

「ど、どこに……」

「奥西建設です」

「アポイントが取れたんですか」

目を見開いた花琳が訊ねる。

「いえ、交渉が面倒なので、乗り込むことにしました」

そう言った伏見は、いつものように突然歩き出して資料庫を後にした。

警視庁に戻ったと思ったら、再び外出することになった。体力に自信のある花琳だったが、振り回されている感じがして気疲れした。

新宿に到着し、奥西建設本社ビルの近くにあるコインパーキングに車を停める。運転席から降りた伏見は、まっすぐにビルへと向かった。花琳も慌てて後を追う。

正面玄関の自動ドアを抜けると、すでに伏見は受付にいる女性に話しかけていた。

「社長を出してください」

伏見の言葉に、正気かと花琳は思う。

「お、お名前を頂戴してもよろしいでしょうか」

「捜査一課の伏見です」

単調な声で答える。

「……お約束は」

パソコンに視線を落とした女性の顔には焦りが見えた。

「コンプライアンス課の及川さんに先ほど電話をしました」

「少々……お待ちください」

受付の女性はそう告げ、電話機に手を伸ばした。

しばらく待っていると、受付の後方にあるエレベーターが到着し、中から及川が現れる。

「ふ、伏見さん。困りますよ！」

取り乱した口調の及川は、表情を強張（こわば）らせている。

「社長に会いにきました」

「そ、その件は」

た。


「外出しているのですか」

「そういうわけでは……」

「では、会わせてください」

「いきなりそう言われましても……」

反論したそうな顔を一瞬見せた及川だったが、伏見から視線を外すと、肩を落とし
「……とりあえず、部屋を用意していますのでお待ちください」

そう言うと、十階にある応接室に案内する。

楕円形のテーブルが部屋の中心に据えられ、八脚の黒い革張りの椅子がそれを取り囲むように配置されていた。ブラインドが開けられ、日差しが窓際の観葉植物を照らしていた。

部屋から出ていった及川の姿を見送った花琳は、伏見の横顔を見た。

「ずいぶんと強引ですね」

「そうですか」

涼しい顔で伏見は答える。

その表情から、なにを考えているのかまったく読み取れなかった花琳は、人として

なにかが欠けているのではないかと考えた。

「どうして、いつも無表情なんですか」

自分でも馬鹿な質問だと思いつつ、聞かずにはいられなかった。こんなに表情が乏しい人間は見たことがなかった。

質問の意図を探るように花琳の顔を見た伏見は、首を傾げた。

「僕、無表情でしょうか」

「え？」

驚きのあまり、言葉が出てこなかった。

「べつに、無表情でいるつもりはありません」

付け加えた伏見は、少しだけ訝しそうな顔をしていた。

「……本気で言っているんですか」

「本気もなにも、事実ですから」

感情の読み取れない表情の伏見は、左手で頬を掻く。

「少しだけ大人しいという自己分析はありますけど」

「い、いや……だっていつも眠そうな顔をしてばっかりじゃないですか」

「そんなことはありません。僕も人間ですので、人並みの喜怒哀楽は持ち合わせているつもりです」

とくに怒った様子もなく言った伏見は、スマートフォンを取り出す。着信があるのか、バイブレーションの音が部屋に響いていた。

「出ないんですか」

「あとで大丈夫です」

画面を確認した伏見が言ったと同時に、応接室の扉が開いた。

「どうもどうも」

四十がらみの男が、にこやかな笑みを浮かべて入ってきた。紺色のストライプのスーツを着た男は、背は小さいが恰幅がいい。

後ろについてきたスーツ姿の女性が、テーブルにカップのお茶を三つ置いてから頭を下げ、音もなく去っていった。

「いやいや、お待たせしました」

男は太い指で挟(はさ)んだ名刺を渡してくる。

代表取締役社長の肩書と、奥西利一という名前が印字されていた。

花琳は奥西の顔を見る。社長という役職から、もっと年齢が上だと想像していたので面食らった。

「急に警察の方が来られたので、正直びっくりしましたよ。なにかあったんですか」

伏見の名刺を受け取った奥西は、ソファーに座ってすぐに訊ねる。

「お聞きしたいことがあって伺いました」

「なんでしょう」

目を細めた。笑ったというよりも、真意を隠すためのように花琳は感じる。

「飯田功さんという社員が亡くなっています」

「あぁ……自殺したんですよね。悲しいことです」

「飯田功さんを知っているのですか」

「当然ですよ」奥西はカフスボタンを指でいじる。

「それほど大きな会社ではありませんし、功とは大学で一緒でしたから」

「同級生なのですか」

「そうです。同じ法学部を卒業して、ここで働くようになったんです」

「仲はよかったのでしょうか」

「入社した当初は……」一度口を閉じた奥西は、言葉を選ぶように宙に視線を向ける。

「よく一緒に飲み歩きました。でも、功は早くに結婚して、私も忙しくなってしまい、最近はそういったことはなかったですね。お気づきかもしれませんが、この会社の先代社長は、私の父なんです」

「同族企業というわけですね」

「まぁ、明け透けに言ってしまえばそうなりますね。私で五代目です。父が早くに他界したので、経営のノウハウを学ぶのに苦労しました」

「それで、飯田功さんと疎遠になったのですか」

「そうですね。でも、ときどきは一緒に飲みに行きましたよ。昔から気が合っていましたし、悩みなんかも打ち明けられました」奥西は悔しそうに顔を歪めた。

「まさか、一言の相談もなしに自殺するなんて……」

「自殺は、警察が判断しただけです」

その言葉に、奥西は怪訝な表情を浮かべる。

「……警察が判断したなら、それは自殺じゃないんですか」

「違います」伏見は首を横に振る。

「変死体の大部分は、専門知識に乏しい警察官もしくは、立ち会いをした医者が外見を目視しただけで判断します。飯田功さんのケースも、じっくりと調べて自殺と判断したのではなく、状況を鑑(かんが)みて自殺と結論付けたにすぎません」

「……伏見さん、でしたか」テーブルに置かれた名刺を一瞥する。

「あなたも警察でしょう。自分の組織に対してそんな言い方を……」

「僕は警察として雇われていますが、行動経済学者です」

奥西は目を瞬かせる。

「……行動？」

「はい。行動経済学者です。そして、経済学的に考えて、飯田功さんが自殺するとは考えにくいのです」

「経済学的、ですか」驚きの表情を引っ込めた奥西は、冷笑に近い笑みを浮かべる。

「詳しくお聞かせください」

「分かりました」

伏見は眠たそうな目を手で擦った。

「経済学の用語に、効用、という言葉があります。これは、消費者が財やサービスを消費することによって得る主観的な満足の度合いを示しています。僕も忙しいので簡単に説明しますが、飯田功さんは、〝命〟という財を消費して〝死〟を得ました。たしかに、このような選択をする人は世の中に少なからずいますが、飯田功さんに限って言えば、死は効用を得られる選択ではありません」

「どうして、そう思うんですか」

「彼には子供がいました」

「子供を残して死ぬ人間だっているでしょう」奥西は理解できないと言いたげな顔をする。

「遺書には、生きていくことに疲れたとあったんですよね。人生を悲観して自殺を決意した人間にとって、子供の有無は問題にならないかもしれないじゃないですか」

「そうかもしれません」同意した伏見は、こくりと頷く。

「ただ、もし現在の状況を悲観したのなら、死ぬ以外にも逃げるという選択もあったはずです。しかし、死を選んだ。生きていくことに疲れたということでしたら、死によってしか逃れられないかもしれません。奥西さんが言うように、子供が抑止力にならないほどの心理状況に陥っていたのかもしれません。ですが、飯田功さんは、二人目の子供が欲しいと話していたのです。つまり、死は、効用を得られる行動ではありませんん。生きて二人目の子供を見ることこそ、効用を得られるものであり、死は、不効用を増大させてしまうのです」

「そうなんですか」奥西は瞠目する。

「……妙な話ですね」

伏見は手で前髪を払う。

「飯田功さんは、自宅である大田区のマンションから歩いて十分ほどの、切り立った崖から落ちて死にました。人通りも少ない狭い道です。当時の捜査では、飯田功さんを見た人物はいないそうです」

伏見は淡々と喋る。奥西は口をつぐみ、真っ直ぐな視線を向けていた。

「崖から落ちないように設置してあるガードレールの高さは六十センチメートル。酩酊していて誤って落ちる可能性を否定はできませんが、飯田功さんからはアルコールは検出されませんでした」

「遺書があったから、自殺じゃないんですか」

「遺書があれば全部自殺、とはかぎりません」

「では、いったい功はどうして崖から落ちたんですか」

「他殺です」

「それは、いささか……」

奥西は笑いだす。

「自殺よりも事故よりも、あなたは他殺の可能性が高いと思っているんですか」

「はい」

伏見は即答した。その反応が意外だったのか、奥西は目を丸くする。

「理由はなんですか」

「あの場所に飯田功さんがいることは不自然だからです」

「不自然？」

奥西は眉間にくっきりと皺を寄せた。

「そうです」伏見は頷く。

「飯田功さんはスーツを着ており、仕事帰りのようでした。そして、あの道は、駅からマンションまでの最短ルートではありません。ちなみに、ICカードを調べましたが、飯田功さんが死んだ日、新宿駅から大森駅までの乗車記録はありませんでした。犯人が車で送ったのではないかと考えられます。もしくは、拉致されたか」

「それは、推論ですよね」

「はい。ですが、推論から答えを導くのが、一番効率のいい方法なのです。とくに経済事件のような類のものには」

奥西の頬がピクリと震える。

「……経済事件？」

「いえ、なんでもありません。無駄話が過ぎました」

そう言った伏見は、コホン、と咳をした。

「今日伺ったのは、どうして頻繁に奥西建設の社員がマカオに行っているのかということです」

「そんなことですか」奥西は足を組む。

「慰労ですよ」

「社員旅行、ということですか」

「そんなものです」

「毎回似たようなメンバーを慰労するのですか」

伏見の追及に、奥西は苦笑いを浮かべる。

「こんなことを言ったら他の社員に悪いんですが、彼らにはいろいろと会社を支えてもらっているので、厚遇しているんです」

「それで、マカオですか」

「そうです。遊ぶにはもってこいでしょう」

奥西は意味深長な笑みを浮かべる。

「マカオに行くメンバーには、飯田功さんもいましたね」

「はい。彼は、かなり会社に貢献してくれていましたので」

「貢献度の判断は、どうやってされるんですか」

「私の独断です」

「そうですか。分かりました」あっさりと納得した伏見は続けて声を発する。

「もう一点、聞きたいことがあります。シンガポールでのオークションで、なにをしているんですか」

「……よく調べていますね」

伏見を凝視していた奥西は、鋭い刃のような目つきをするが、すぐに柔和（にゅうわ）な調子に戻る。

「別に人様に顔向けできないようなことはしていませんよ」そう前置きして、話の穂を継ぐ。

「今はゼネコンも好景気に湧いていますが、二〇二〇年にある東京オリンピックとパラリンピックを境に国内の建設需要というのは尻すぼみになっていくと予測されています。だから大手なんかは海外の新興国に拠点を構えて、勢力範囲を広げているんです。東南アジアや中東、オセアニアですね。そこで、必要になってくるのが建設重機なんですよ。ブルドーザーやダンプやパワーショベルといった建設重機は値段が高くて、一台あたり数千万から数億円するものもあります。シンガポールではそれらの中古車の売買が盛況で、われわれも参加しているんです。もちろんそれだけではなく、シェアを広げるために営業活動などもしています。つまり、慰労しつつ仕事もしてもらっているんです」

説明を終えた奥西は、満足そうな笑みを浮かべる。

無言で話を聞いていた伏見はやがて、そうですか、と呟く。

「ありがとうございます」

言うと同時に立ち上がり、扉の方向に向かったが、急に立ち止まって身体を反転させた。

「もう一点、よろしいでしょうか」

「なんでしょうか」

どこか勝ち誇った表情の奥西は、足を組む。

伏見は半眼で見下ろしていた。

「ヨーカン、とはなんですか」

その言葉に、奥西は一瞬動揺したようだった。視線を逸らして首を傾げる。

「……ヨーカン？」

「そうです」

「……食べる羊羹は知っていますが」

「ありがとうございます」

伏見は頭を下げて、一番に応接室から姿を消してしまった。

ビルを出ると、ビル群の隙間を抜ける強風にあおられ、花琳は乱れた髪を手で押さえた。

視線を前方に向ける。

伏見が立ち止まって待っていた。相変わらずの猫背で、どこかに電話をしているようだった。

「そうです。奥西建設が参加しているシンガポールのオークションについて知りたいんです。よろしくお願いいたします」

携帯電話をスーツの内ポケットにしまった伏見は、ゆっくりと首を回し、肩の凝りをほぐしてから、花琳に向き直った。

「煙草は吸いますか」

唐突に訊ねられた花琳は、首を横に振る。

「そうですか」

残念そうに呟いた伏見は、次の目的地に行きますと告げた。

「どこに行くんですか」

「神奈川県警察本部です」

「……神奈川？」

花琳は眉間に皺を寄せる。

理由を訊ねると、行けば分かりますと答え、薄笑いを浮かべた。

新宿から横浜市中区に車で移動する。車内を満たすジャズの音色が、心地よく鼓膜を震わせた。

「煙草、吸っても構いませんよ」

助手席に座っている花琳は、シガーソケットを見ながら言う。先ほどの質問は、おそらく煙草を吸ってもいいかという意味だろう。自分は吸わないが、匂いは嫌いではない。

「いえ、禁煙中ですので」

素っ気ない調子で答えた伏見は、少し不機嫌そうだった。

「それなら、どうして煙草を吸うかと聞いたんですか」

素朴な疑問を口にすると、伏見は、なんとなくです、と答えた。面倒なので追及しないことにする。こうして数日間一緒にいるが、どうも捉えどころがない。

「奥西社長の話、どう思いましたか」

不意に質問してきた伏見の方を見る。いつの間にか、棒状のチョコを齧っていた。

「……どうって、なにがですか」

「印象です」

ずいぶんと漠然とした質問だなと感じつつ、奥西の顔を思い出す。ずんぐりとした体格に載っている顔は不釣合いに小さく、全体のバランスが悪かった。

「食わせ者って感じですね」

柔和な笑みを浮かべた奥西は胡散臭かった。

その回答に満足したのか、伏見は口の端をわずかに上げた。

「マカオへの社員旅行の、本当の目的はなんだと思いますか」

「社長が言うような単なる社員旅行、ではないでしょうね」

花琳は頭の中にいくつかの可能性を思い浮かべて、一つずつ打ち消していき、残ったものを口にする。

「一番可能性として高いのは、マネーロンダリングだと思います」

犯罪などの不法行為によって得られた資金の出どころを隠蔽して、一般の市場で自由に利用できる資金に変換する仕組みのことだ。マネーロンダリングの方法はいくつかあるが、たとえば、マカオのカジノに行き、非合法な形で得た金をチップに替えて、そのまま小切手にする。それを香港などの銀行に入金して、ロンダリングするという方法もある。スイスのプライベートバンクなどの規制が厳しくなっている中で、香港は投資や送金の出どころを詮索されないシステムを備えていた。

「僕もそれを考えました。しかし、奥西建設が社員を使って資金洗浄をしているという構図は、どうもしっくりこないのです」

伏見は抑揚のない声を発する。

「それなら、目的はなんだと思うんですか」

自分の考えを否定されたような気がした花琳が問い返すと、伏見はしばらく沈黙を守っていたが、やがて小さく息を吐いた。

「分かりません。もしかしたらマネーロンダリングをしているのかもしれません。しかし、なにか別の理由もあるはずです。裏金作りとか」

断定的な言い方に、花琳は疑問を覚える。

どうして伏見は、奥西建設を疑ってかかっているのだろうか。

理由を訊ねようとも思ったが、今は止めておくことにした。

横浜港の近くに建っている神奈川県警本部のビルは、警視庁本庁舎よりも小さかったが、周囲に高い建物がないので、大きく見えた。

車を降りた花琳は、海の香りに気づいて深呼吸をする。広い空は、それだけで解放感がある。

正面玄関から入った伏見は、一直線にカウンターへと向かい、制服姿の女性警察官と話をしていた。

花琳はその様子を、少し離れた場所から観察した。女性警察官は不審がるように伏見を見ていたが、やがて苦笑いになってから電話の受話器を耳に当てた。

一連のやり取りを終えたのだろう。その場から離れた伏見は、一度立ち止まって左右を確認してから、こちらに向かってくる。

「すぐに来るそうです」

「誰が来るんですか」

「それは……」

伏見が説明しようとした時、ロビーにパンプスの音が響く。足音の方向を向くと、足早に向かってくる女性がいた。顔に見覚えがあった。

神奈川県警捜査一課の木下麻耶だ。

「ど、どうされたんですか」

驚いた顔の麻耶は、顔を赤くして言った。傍から見ても、動揺しているのは明らかだった。それに対して、伏見は相変わらず無表情だった。

「先ほどは電話に出られずにすみません。捜査中だったもので」

先ほど、という言葉で花琳は、奥西建設で社長を待っているときに電話をかけてきたのは彼女だったのかと思う。

「い、いえ……それは、いいんですけど」

セミロングの髪をしきりに整えつつ視線を泳がせ、小さな声で返答する。

「それで、なんの用事で電話してきたのですか」

「そ、そのことを聞きに、わざわざ来たんですか」

淡々と訊ねてきた伏見の言葉に、麻耶は素っ頓狂な声を発する。

「そうですよ」伏見は頷く。

「麻耶さんが僕に電話してくるということは、有用な情報があったということです。電話をかけ直してもよかったのですが、電話自体、あまり得意ではないので。それに、一度、神奈川県警本部を見学してみたかったのです」

伏見は一度言葉を区切り、昼休憩に釣りができますね、と付け加えた。

花琳は伏見を見て、不可思議な男だと改めて思う。

ようやく落ち着きを取り戻した様子の麻耶は、打ち合わせ室が空いているはずだと言ってエレベーターで四階へと上がり、西側にある部屋へと案内する。

六畳ほどの部屋には、木目の事務テーブルに、背凭れの汚れた事務椅子が六脚あった。

「なにか飲みますか」

「いえ、いりません」

伏見は即答した。

麻耶の視線が花琳へと移る。

「私も大丈夫です」

「……そうですか」

麻耶は呟くような小声を出す。その目に、淡い敵意のようなものが込められているのは気のせいだろうか。いや、敵意というよりも嫉妬(しっと)に近いのかもしれない。

思わず花琳の顔が緩(ゆる)む。

「なにか、可笑しいですか」

麻耶が怪訝な顔で訊ねてきたので、口元に手を当てて首を横に振った。

「いえ、奥ゆかしさは美徳ですが、もう少し大胆でもいいのではないかと思っただけです」

目を瞬かせてポカンとしていた麻耶だったが、やがて顔を真っ赤にする。

「な、なにを言って……」

「本題に入りましょう」会話の流れなどまったく意に介していない様子の伏見は、自分のペースで喋り始める。

「電話で、僕に知らせたかったことはなんでしょうか」

相変わらず麻耶の顔は赤かったが、椅子に座り直すと、気を取り直すように背筋を伸ばした。

「前に伏見さんから、二つのマンションのことについて調べてほしいと依頼されて、サンメゾン川崎の外壁が落下したことを伝えましたが、このマンションと、もう一つのクレストコートハウス横浜の施工会社が奥西建設だったので、念のため、ほかの建物も調べてみたんです」

ここで一呼吸置いた麻耶は、話し続けても問題ないかと探りを入れるような目つきをした。

「なにかを見つけた、ということですね」

伏見が質問したので、麻耶は安堵した表情になって続きを喋る。

「はい。鶴見市にあるグリーンエトワール鶴見というマンションで、少年が二階のベランダから転落するという事故が起きていました。手すりが壊れたことが原因で、これも東日本大震災の影響と奥西建設は説明しています」

「それは、たしかですか」

「はい。実際に落下した少年と、その親に会って確認しました」

伏見は驚いたように目を見開く。

「賞賛に値する行動力ですね。それでその親は、奥西建設を訴えたのでしょうか」

「いえ」麻耶は首を横に振る。

「会社側は地震の影響だという逃げ口上の後、謝罪と慰謝料を提示してきたそうです」

「いくらですか」

「五百万円です」

へえ、と目を丸くした伏見は呟く。

「少年の容態はどうだったんですか」

「腕を骨折して全治四週間の怪我だったようです。少年の両親も、後遺症が残るほどではないということで、示談に同意したと言っていました。それに、対応してくれた奥西建設の人が、とても親切だったと」

そう言った麻耶は、角が折れ曲がった名刺をテーブルの上に置く。

『建築部　営業一課　飯田功』

花琳は目を見張る。飯田功が示談交渉をしていたのか。単なる偶然なのか。それとも、ここに飯田功の死の要因が潜んでいるのだろうか。

「奥西建設が関わったマンションで、ほかに事故などはありませんでしたか」

名刺に視線を落としている伏見が顔を上げる。

「調べたかぎりでは、これだけです。でも、骨折をした少年の親の話では、奥西建設の対応が異様と感じるほどに良かったということなので、ほかにもあるかもしれません。あ、それと」

麻耶は、なにかを思い出したように言葉を継ぐ。

「サンメゾン川崎で起きた外壁落下についても調べていたんですが、落下物で怪我をした少年に対しても、慰謝料ということで百万円を支払っているということでした」

「そうですか」

顎に手を当てていた伏見は、椅子から立ち上がって軽く頭を下げる。

「刑事の仕事で忙しいのに、ありがとうございます。とても有用な情報でした」

「あ、いえ……私は……」

麻耶が言い終えないうちに、伏見は部屋から出ていってしまった。

残された花琳は伏見を追おうとしたが、一度振り返って麻耶を見る。

「ちゃんと、話す機会を作ったほうがいいと思いますよ」

きょとんとした麻耶は一通り焦った後、大きく息を吐いた。

「私は、この関係で、いいんです」

弱々しい笑みを浮かべる。健気だと思いつつも、その謙虚さに多少の苛立ちを覚えた。

「人生は短いので、胸に秘めているだけでは後悔します」

そう言い残し、花琳は部屋を後にした。

2

神奈川県警本部に行った翌日。

伏見に呼ばれた花琳(ファリン)は、朝の十時に資料庫に赴いた。

この部屋に初めて来たときは、陰気でかび臭い印象だったが、今ではなんとも思わなくなっていた。慣れというのは恐ろしいなと思いつつ、ホワイトボードに向かっている伏見に近づいていった。ふと、ホワイトボードの中央に『協働的環境下での不正』という言葉が書かれているのが見えた。

また、テーブルの上には、棒状のものがピラミッドのように積み上げられている。

「なんですか、これ」

「羊羹です」

「一人で食べるんですか」

数えると十本ある。

「飯田功の手帳にあった〝ヨーカン〟という言葉が気になったので、羊羹を買ってみました。語感が似ていたので、眺めていれば、なにか分かるかと思ったのです」

「それだけのために？」

「いえ、もちろん食べますよ」

伏見はそう言うと、一番上にある一本を取って差し出す。

「一本どうですか」

「……いえ、いりません」

「そうですか」

伏見は残念そうな顔をする。

「それで、なにか分かったんですか」

花琳が問うと、伏見は不敵な笑みを浮かべる。

「なんとなくですが分かりました。早速、行きましょうか」

唐突に言うと、立ち上がって外出すると告げる。どこに行くのかと花琳が問うと、
例のマンションですと短い答えが返ってきた。

どこのマンションに行くのかと問うが、返答はなかった。

ビートルで向かった先は、建築中のロイヤルグレイス調布だった。奥西建設が施工
しているマンションだ。
花琳は、所長の久保田に追い返された記憶が甦る。
いったいここに、なんの用事があるのだろうか。
何食わぬ顔をして警備員の前を通った伏見は、首尾よく工事現場に入り、敷地内に

建っているプレハブ小屋に向かった。花琳はその背中についていく。

「すみません」開け放しの扉から中に入った伏見が、周囲を見渡しながら言う。

「所長の久保田さんは」

そこで言葉を止める。小屋の奥の畳で胡坐をかいた久保田が煙草を吸っていた。

「お前ら……なんで来たんだ」

不機嫌な顔で睨めつける。

「行方不明の星野明美さんは、出社されましたか」

まったく意に介さない伏見は、久保田の前まで歩いて行き、上から見下ろしながら淡々と質問する。

「いや」

伏見の質問に首を横に振った久保田は、煙草の煙を伏見に吹きかけた。

「それを聞きに、わざわざきたのか」

「いえ、違います」否定をした伏見は眠そうな目で久保田を凝視する。

「いきなりで申しわけありませんが、煙草を一本いただけませんでしょうか」

「は？」

久保田は口をぽかんと開ける。

「煙草を吸いたくなりました」

「……なんだよお前……」

呆れ顔になりつつも、煙草一本とライターを差し出す。それを受け取った伏見は、煙草に火をつけてから、美味しそうに一服した。

「禁煙していたんじゃないんですか」

小声で花琳が問うと、伏見は微かに口角を上げる。

「禁煙をしていたのですが、吸っている人を見ると、どうも自制がきかなくなりますね。禁煙の代償として甘いものが欲しくなるので、禁煙しようがしまいが、身体には悪いと悟りました」

「お前ら、なにをしに来たんだよ」

苛立った様子で久保田が言う。

ああ、そうでした、と言った伏見は右手で頭を搔いた。

「奥西建設は、建築偽装をしていますね」

「……はぁ?」久保田の顔が怒りに歪む。

「喧嘩売りにきたのかよ！　なに難癖つけてんだ！」

「落ち着いてください」

怒鳴り声を上げた久保田を、伏見はいつもの声色でなだめる。

「理由はあります」

そう言うと、スーツの内ポケットからモレスキンの手帳を取り出す。

「奥西建設が建てたマンションで、二件の事故が発生しています。サンメゾン川崎では、外壁の一部が剥がれ落ちて、破片が道を歩いていた少年に当たりました。この件で、宮前警察署の生活安全課の職員が出動しています。また、グリーンエトワール鶴見というマンションでは、手すりが壊れたせいで少年が二階から落下して骨折しました。両方とも、東日本大震災によってできた亀裂が原因ということです」

「それが、建築偽装の根拠だと？」

久保田は小馬鹿にするように言う。しかし、表情に余裕はなく、顔が引きつっている。

「もう一つの理由は、行動経済学で説明できます」

「え？　コウドウ……なんだって？」

眉間に皺を寄せた久保田が聞き直すと、行動経済学です、とくり返した伏見が続ける。

「一般的に、集団で仕事をすることは、いい結果を及ぼすと考えられています。集団での行為のことを協働と言い、集団でする作業を悪習と考える人はほとんどいないでしょう。仲間意識が高まり、新たなアイディアが生まれ、創出から利益が得られる理想的な状態であり、しかも、相互に監視し合うので不正を働きにくい。協働というのはいいことずくめだと思われています」

「ち、ちょっと待て！」

久保田は大声を出して、伏見の言葉を制する。

「お前、いったいなにを言い出すんだ？」

「行動経済学の観点から、建築偽装だと考えた理由を説明しているのです」

伏見は、真面目(まじめ)くさった顔をしていた。

「……こいつ、大丈夫なのか？」

久保田が訊ねてきたので、花琳は大丈夫だと思いますと根拠のない返事をする。

「続きを喋らせていただきます」

二人のやりとりを無視した伏見が口を開く。久保田は嫌気がさしたような表情をして腕を組む。拒否する様子もない。どうやら、続きを聞くつもりのようだ。

「先ほど僕は、相互で監視し合うので不正を働きにくいと言いました。しかし、本当にそうなのでしょうか。行動経済学でこの問題を考えると、一人よりも集団のほうが不正を働きやすいという結果が出ました」

花琳はその言葉に驚く。集団のほうが不正しやすいというのは、どういうことなのか。

伏見はプレハブ小屋の中にあるホワイトボードに向かい、工程表の書かれた面をひっくり返す。裏側は真っ白だった。煙草を右手に持ち替えて、左手にペンを持つ。

「たとえ話で説明します。ここに、忠誠心の高い男がいたとします。そして、それを美徳だと思い、会社や上司、同僚や部下のことが好きで、役に立ちたいと願っています」

伏見はホワイトボードの左側に〝男〟と書く。

「この男は経理部の管理職として働いており、年次株主総会用の報告書を作成して提出します。しかし、部長から数字が気に入らないから変更するようにと突き返されてしまいます。そして、どうしても良い決算を出さなければならないから、なんとかしてくれと告げられます。今回の決算が悪いと、リストラで多くの同僚や部下を失うかもしれないという状況です。最初は上司の言葉を不審に思っていた男も、決算の数字を改竄（かいざん）しろということを暗に示されているのだと気づきます。改竄したことが明るみに出れば、責任を負わなければなりません。そんなことはできない、と簡単に突き返せればいいのですが、男は迷います。花琳さんがこの立場だったら、どうしますか」

急に問われた花琳は、口を開いたものの、声を発することができなかった。不正行為はできない。しかし、即答ができなかった。

「迷うのは当然でしょう」

伏見は花琳の返事を待たずに言う。

「男は拒否するかもしれません。しかし、外因を考慮して報告書を改竄するかもしれません。ここで注目すべきは、利己的な動機ではなく、会社や上司、同僚や部下の幸福を思って、自分が不正に手を染めてしまうかもしれないということです。この衝動の根底にあるものが『社会的効用』というものです」

ホワイトボードの〝男〟の文字の上に〝社会的効用〟と書かれる。

「この社会的効用があるからこそ、人は思いやりを持って、自分を犠牲にしたとしても、他人を助けようとします。ここで重要なのは、自己利益ではないということです。男は、利他的感情によって不正を働きます」

ホワイトボードに〝利他的感情による不正〟と書き、丸で囲む。

「人は、誤魔化しをする傾向があります。そして、自己の利益を得るときはもちろんですが、親しい他者が自分の不正から利益を得るときは、その傾向がさらに強まるのです。奥西建設が建築偽装をしているのは、善意による不正と考えています」

「……どうして、そう思うんだ」

久保田は絞り出すような声を吐く。

「建築偽装には、必ず所長クラスの人間が関わっていなければ成り立ちません。そして、ここの所長である久保田さんは、自己利益のために不正をするようには見えません」

いつもの淡々とした口調。しかし、そこには揺るぎない説得力が見て取れた。

「……それが、うちの会社が建築偽装をしているという、もう一つの理由か」

「はい。経済学的に考えれば、建築工事での偽装というのは、見つかるリスクの低いものですので」

伏見は続ける。

「個人的な見解ですが、会社という組織の多くは、大なり小なり、不正をおこなっていると僕は考えています。そして、その大部分が利他的感情によるもので、奥西建設の不正のうち、建築偽装については善意の不正です」

思案顔の久保田は無言だったが、やがて視線を上げて伏見を見た。

「……ほかにも、不正をしているみたいな言い方だな」

「そのとおりです。僕は、営業一課の飯田功さんは、自殺ではなく他殺だったと考えています」

久保田は顔を歪める。

「しかも、なんらかの利益を得るために殺されたのです。飯田功さんの死は、彼自身の効用を高める行為ではありません。他者が自分の効用を高めるために、殺害したのです」

久保田は低く唸ってから、腕を組んで沈黙する。プレハブ小屋の外で、鉄筋を叩くような音が妙に大きく聞こえてきた。

「……星野と橋本の失踪と、飯田の死に関係はあるのか?」

自分に問いかけるような小ささで久保田が問う。

「まだ分かりません」

伏見は突き放すような調子で答えた。

「そうか」

久保田は両手で顔をごしごしと擦り、大きなため息を吐く。

「あの二人と、飯田は仲が良かったらしい。もし、なにか関係があるとしたら……いや、俺の憶測だから止めておく」

思い直した様子の久保田は、吸っていた煙草を灰皿に押し付ける。ホワイトボードから離れた伏見も、同じ灰皿で煙草の火を消した。

「もう一本吸うか？」

「いただきます」

久保田と伏見は二本目に火をつける。白い煙が天井に吹き付けられる。

「……お前は、談合というのは、悪だと思うか」

「一概には言えませんが、個人的には、談合を悪だとは思いません。日本独自の商習慣を前提条件として考慮してのことですが」

即答した伏見は、相変わらず美味そうに煙草を呑んでいた。

「……警察のくせに、よくわからねぇ男だな」

「よく言われますし、毎回僕は、それを褒め言葉として受け取っています」

久保田は苦笑しつつも、なんとなく楽しそうだった。

「談合ってのは、それこそ江戸時代からあったもので、もともと、強者である発注側の官公庁に対する自衛と抵抗のための手段として生まれたんだ」

「団結権の行使ですね」

久保田は力強く頷いた。

「こう言うと、自己正当化のように聞こえるかもしれないが、談合撤廃を目的に一般競争入札になってからの状況を見れば、あながち俺の意見が独りよがりじゃないってのが分かる」

「一般競争入札というのは、指名競争入札のように事前に業者を選定せずに、だれでも競争に参加できるものです」

伏見が花琳に向かって補足説明をする。それくらい分かっていたが、口を挟むのは止めておいた。

久保田は無精髭を手で擦る。

「この方式になると、当然競争が激しくなって、その結果起こるのが、採算を無視した破格の価格で入札するダンピングだ。これによって低価格競争が激化して、入札価格が下落し続け、設定された予定価格では採算が取れないっつうことで、落札する業者が現れないケースも目立ち始めているんだ」

「割合で言うと、落札者なしという公共事業の入札は、一〇パーセント前後というところでしょうか」

「たしか、そのくらいだな」

久保田は相槌（あいづち）を打った。

「大手ゼネコンは、安価な材料の調達や下請の単価削減などで工費を安くできるが、中小はお手上げ状態。それなら大手だけがやればいいと馬鹿な奴は言うが、大手ゼネコンが受注したと言っても、実際に仕事をするのは下請や孫請だ。つまり、大手が安値で落札して、そのしわ寄せが、下請や孫請や末端の労働者にくるんだよ。ダンピングで受注した大手は、下請価格を叩く。下請は赤字になってしまうから、なんとかしようとして不正や偽装や賃金の削減をするんだ。過当競争による利益率の低下で、二〇〇五年以降、中小建設業者はどんどん倒産しているんだ」

悔しそうに言った久保田は歯を食いしばる。

二〇〇五年末の〝脱談合宣言〟については、花琳も知っていた。改正独占禁止法の施行に合わせるように、大手ゼネコンが談合をしないと誓ったのだ。

「談合がゼロになったとは言わないが、法律が厳しくなって、前のようにはいかないから競争が起きて中小が苦しくなるし、大手は自由競争という錦の御旗を掲げて、今まで参入しにくかった地方公共事業にまで参加してきたから、地場の中小企業が干上がるのは当然のことだ」

「その結果、実際に工事をする人間の質が下がっていくのですね」

伏見の言葉に、久保田は同意する。

「価格一辺倒の競争となると、自分たちが生き残るために品質は二の次だ。納期は相変わらず厳しいが、人工(にんく)は足りない。そうなりゃ丁寧になんてしていられないし、早いのが正義で、職人の技もへったくれもなくなる。結果、矜持(きょうじ)を持っている職人のやる気が削がれるっていう悪循環だ。それは……奥西建設(うち)も例外じゃねぇ」

言い終えた久保田は、自分を落ち着かせるように息をゆっくりと吐いた。

伏見はマイペースで煙草の煙を吐いていたが、吸殻を灰皿に捨てると、後頭部を掻く。

「つまり、このマンション工事……いえ、奥西建設が手掛けた工事は、建築偽装をしているということを言いたいのですね」

その言葉に久保田は押し黙った。それが答えだった。

「ありがとうございます。煙草、美味しかったです」

頭を下げた伏見は、プレハブ小屋から出ていく。

花琳は伏見を追おうとしたが、久保田に呼び止められる。

「あんた、中国の人だったな」

「はい」

「どうして日本にいるかは知らないが、さっき話したのは日本だけの問題じゃないぞ。何度か海外に行ったことがあるが、壁を叩いただけで鉄骨を抜いていると分かるものも多くあった。単純な手抜きや偽装を施工側が承知でやっていればいいほうで、そのケースだと、鉄骨を何本抜いたら危険だと分かっている場合が多い。問題は、これだけのコストしかかけられないから、こうするしかないと開き直ったやつと、手抜きだとすら思っていない無知な職人が増えているってことだ」

力なく言った久保田は、なかば諦めたような様子だった。窓のほうに視線を向けて三本目の煙草に火をつけて、ため息とともに煙を吐き出す。

花琳は、なにも言うことができず、目礼をしてから外に出た。

職人が行きかう中、伏見の姿を捜すが見当たらない。先に車に戻っているのだろうと思いつつ、建築中のマンションを見上げる。このマンションも、建築偽装をしているのか。

倒壊したマンションの下敷きになった台湾での記憶が蘇り、身震いした。生命を守る建物が、金儲けのために手抜きをされる。それが原因となって死んでいった人々がいるのだ。

その時、クラクションが鳴った。

振り返ると、ビートルが目に入った。駆け寄って車に乗り込む。

「お待たせしました」

「いえ、大丈夫です」

アクセルを踏んだ伏見は、やがて、小さな吐息を漏らした。

「久保田さんの先ほどの質問ですが、花琳さんは、談合は悪だと思いますか」

出し抜けの質問に、花琳は目を瞬かせてから、頭の中で考えをまとめる。

「……基本的には、悪だと思います。久保田さんの意見もたしかに正しいかもしれません。でも、公正な競争原理が働けばいいわけですし」

考えを巡らせ、回答を口にした。

「そのためには、施工側と発注側の意識の変革が必要です」伏見は小さく息を吐いてから続ける。

「施工側とは、建設業者のことです。彼らは受注するために過度な価格競争をおこない、結果として赤字でも工事を取りにいきます。これは、発注者側とパイプを作っておきたいという意図が大きいようですが、こういった考えが根付いているから価格が崩壊するのです。アメリカではそもそも、赤字になるような価格では受注しません。だからこそ健全な自由競争が成り立つのです」

伏見の声はいつもと変わらない。しかし、少し苛立っているようにも感じる。

「また、発注側がビルを建てるために三社に見積もりを取って、AとBが一億円なのに、Cだけ七千万円だった場合、現状ではCが選ばれます。本来ならば、明らかに安い価格を提示してきたCに対して、どうしてこんなにも安いのかを確認し、納得がいかないようなら外さなければならないのです。自由競争下での発注側は、それができていないのです。結果、Cが耐震偽装などをして欠陥住宅が出来上がります」

言い終わって口を閉じた伏見の横顔は、相変わらず眠そうだったが、白い肌に少しだけ朱がさしている。

「奥西社長に、建築偽装を糾弾しに行くんですか」

花琳は、奥西の顔を思い出しながら訊ねる。

「それでは時間がかかってしまいます」伏見は否定しつつ、バックミラーの位置を調整した。

「現状、奥西建設が建築偽装をしているという根拠は、マンションで起きた外壁の剝離と手すりが壊れたことによる事故、そして、所長である久保田さんの証言のみです。これだけでは社長である奥西利一を追いつめられませんし、完成した建築物を見ても、それを壊さない限り、土台がどうなっているのかや、骨組みの状況、壁の中はどう作られているのかを知ることはできません。それに、僕の目的は殺人犯を捕まえることですから」

そういえばそうだったと花琳は思う。なんとなく、建築偽装を暴く流れになっていたが、本題は殺人事件なのだ。

「それなら、どこに行くんですか」

「先ほど電話が入って、城山さんに呼ばれました」

「警視庁ですか」

「いえ、検察庁です」

その単語を聞いた花琳は、すぐに検事である神津佳正の顔を思い浮かべた。

千代田(ちよだ)区霞が関にある中央合同庁舎の十五階にある神津の検事室に入ると、すでに先客がいた。

捜査二課の城山だ。

「待っていましたよ。どうぞお座りください」

笑みを湛(たた)えた神津は、城山の隣に並ぶ二つのパイプ椅子を手で示す。

立派な椅子と机に陣取る神津に対して、あまりにもお粗末な椅子に、花琳は被疑者になったような心持ちになった。

「奥西建設の社長に会ったそうですね。昨日、念のために事情聴取をした時、突然やってきて困ったと本人から聞きました」

優しい声に、柔和な表情。ただ一点だけ、細められた瞼（まぶた）の奥にある瞳だけが鋭い。

伏見は頷く。相変わらず眠たそうな印象しかない。

「あなたは、いったいなにをしているんですか」

「飯田功を殺した犯人を捜しています」

「そうですか……そうでしたね」呟いた神津は、真っ直ぐに伏見を見る。

「犯人は衆議院議員の武藤道仁です。ＫＧリサーチの金田敦が裏金を武藤に渡して、武藤の指示によって飯田功は殺されたんです」

「どうしてそう思うのですか」

すかさず伏見が訊ねる。

「武藤道仁の秘書をしている古池忠一とＫＧリサーチの金田敦が新宿の京王プラザホテルで会っています。ＫＧリサーチは談合の取りまとめ役という立場上、各社から集金がしやすい。そのお金を裏金として秘書に渡して、奥西建設の元業務屋である飯田功を殺害させたんですよ」

「いったい誰が殺害したのですか」

「それはゆっくりと聞き出しますよ。秘書の古池忠一を勾留してね」

「勾留するのですか」

伏見は無表情で訊ねる。

神津は笑顔のまま頷いた。

「もちろんです」

「奥西建設の社長は、自供したんですか」

「昨日はジャブを打っただけですからね。これから詰めていきますよ。それに、飯田功は、武藤に不都合なことを知っていて、口封じに殺された可能性が非常に高いんです」

「その証拠はあるのですか」

「ありませんが、以前から武藤は反社会的勢力との付き合いがあるという噂は耳にしています。なんとしてでも、自白させてみせますよ」

神津の淀みない言葉を聞いた花琳は、武藤道仁がそこまでするだろうかという疑問を感じた。しかし、複合的な要素が絡めば可能性はあるだろう。

「推測で立てたストーリーに固執すると、過ちを犯します」猫背の伏見は静かに言った。

「行動経済学では『データの一貫性幻想』といいます。これは無意識に、自分の考えに合った情報のみに固執して、自分に合わない情報は排除するというものです」

「私が、無意識に排除している情報があると言いたげですね」

「そうかもしれません」

「では伏見さんは、誰が犯人だと思うんですか」

「今のところ、犯人は確定していません」

「それなら黙って……」

「ただし」伏見は神津の声を制する。

「飯田功が死ぬことによって、もっとも利益を得た人間は絞られてきています」

「……それは、誰ですか」

慎重な声で訊ねた神津に対して、伏見はかすかに笑いかける。

「まだ言えません」

「……どうしてですか」

「言葉にすると、考えが固まってしまいやすいですから。僕は常に自分の考えを疑っています。そして、新しい情報が入るたびに、見立てがおかしいのではないかと思うようにしています。聞き込みをするたびに反省しながら進んでいきます。そうして仮説を組み立て直していき、新証拠が入れば別の仮説を一から作り直して進んでいくのです。一見して面倒に思うかもしれませんが、これこそがバイアスに囚われず、真実に辿（たど）りつく最短ルートだと考えます」

「青臭いですね」

馬鹿にしたような笑みを浮かべた神津は、前髪を掻き上げる。

「もういいです。この件は特捜部で動きます。城山さんにも手伝っていただきますが、いいですよね」

「もちろんです」

城山は声を張って答える。

「では、私はまだ仕事が残っていますので」

そう言うと、机の上に山積みになっている書類の一つを取った。

伏見は立ち上がり、一番に検事室から姿を消した。

中央合同庁舎を出た花琳は、大きく息を吸う。検事室では、緊張した雰囲気のためか、上手く呼吸ができなかったので、脳に酸素が回っていない気がした。

報告があると城山が言ってきたので、伏見のビートルの中で話すことにする。

「お前が来るまで、俺はまさに針の筵だったんだぞ」後部座席で身体を小さくしながら城山が文句を言う。

「あいつ、薄々こっちが情報共有していることに気づいているな。お前らが何を探っているのかを正直に吐けと強要されて、ノイローゼになるかと思ったよ」

「神津さんって、そんなタイプなんですか」

あまりにかけ離れた印象に驚いた花琳が訊ねる。

「弱点を見つけたら、そこをネチネチ突いてくる奴で、被疑者の二人に一人は咽び泣くって評判だ」

「人は見かけによりませんね」

伏見は諭すような口調で言った。

「見た目どおり面倒な経済学者もいますけど」

花琳の言葉に、伏見は怪訝な表情を浮かべる。

「僕は、裏表のない人間です」

「俺もあまり時間がないんだ。簡潔に話すぞ」割って入って来た城山は早口で続ける。

「昨日連絡をもらったシンガポールでのオークションについて調べてみた。おかげで徹夜だ」

「ありがとうございます。それで、どうでしたか」

まったく感謝しているように聞こえない声色だったが、城山に気にしている様子はなかった。

「国税庁にも協力してもらったんだが、奥西建設は、中古重機のオークションで裏金を貯めこんでいるかもしれない」

少し話が込み入っているが、と城山は手帳を取り出してから続ける。

「奥西建設の中古重機は評判がいいらしく、オークションでは新品同然の落札額ということだ。それで、中古重機は減価償却率が高いから、売買代金と簿価の差額を裏金にしているらしい」

そういうことですか、と伏見は相槌を打つ。

「奥西建設の重機は中古重機でも新品同様に保たれているので、簿価が低くなっても、新品の価格と大差はない。八掛け、いえ、九掛けくらいでしょうか」

「……察しがいいな」城山は驚いた顔をする。

「簡単に言えば、簿価額で売ったように見せかけて、実際は新品同然の値段で売る。

そうすりゃ差額が出る。この浮いた金がそっくり裏金になるって仕組みだ」

「一日でよく調べられましたね」

感情のこもっていない声で言う。

「正確には半日だ」すかさず城山が訂正する。

「実を言うと、国税が前から目をつけていたらしい」

「ああ、それでこんなに早いのですね」

「うるせぇ」

顔を歪めた城山は続きを喋る。

「奥西建設は常に千五百台ほどの重機を保有していて、手ごろなものの売却を重機ブローカーである貿易商に依頼していたようだ」

「……それで、香港ですか」

花琳は唇に指を当てる。城山は頷いた。

「重機取引はドル決済が多いらしく、それを香港で日本円に替える。その方法が複雑で把握しにくいから、国税も手をこまねいているらしい」

「換金した円を日本に持ち込む手段は分かっていますか」

伏見の質問に首を横に振った。

「いや、それはまだ分からない。だが、プールした金は最低でも六十億円あって、社長の交遊費のほかに、暴力団の大図組に流れている」

「大図組ですか。なかなか渋いですね」

伏見は呟く。なにか思い当たる節があるのだろうか。

「それほど大きくはない暴力団だが、談合が盛んだった二〇〇四年以前には、談合の取りまとめ役を買って出たりしていた。談合ってのは普通、業界内の重鎮が〝顔役〟になっていたんだが、同じ業界ゆえに利害関係を持ち込みやすく、外部の人間に捌いてもらったほうがいいってことで、暴力団の〝親分〟を顔役にするケースもあったんだ。ほかにも、大図組は談合に加わらない建設会社に圧力をかけることを生業にしていた組織で、建設業界に深く食い込んでいる」

「構成員四十人、準構成員が百人規模の組織ですね。本部は池袋にあって、会長は登内鉄矢。発足当初は日本人による組織でしたが、今は構成員の半分ほどが外国人のようです。暴力団もグローバル化の波に呑まれたということですね」

「……なんで、そんなことまで知っているんだ」

城山が訝しそうな視線を向けると、伏見は首筋に手を当てる。

「僕は、合理的な殺人事件を解決するために、アメリカから日本に戻ってきました。

そして、合理的な殺人者にとって、プロへの依頼はリスクを下げる方法の一つです。日本で活動する反社会的勢力は、調べられるだけは把握するようにしています」

　表情を一切変化させずに言った伏見に対して、城山は驚きを禁じ得ないようだった。

「それで、大図組と奥西建設が繋がっている根拠を教えてください」

「お、おう……」城山は唇(くちびる)を舐(な)める。

「前にもお前に話したと思うが、三年前、奥西建設は談合を拒否した建設会社に対して、暴力団を使って脅しているんだ。その暴力団が大図組だ」

「へぇ」

　伏見は感心したような声を出す。

「暴力団組織が公共調達をめぐる談合に介入していることは珍しくはないが、俺は大図組との関係を明らかにできなかった。ただ今回は、奥西建設から大図組へ資金が流れていることを突き止めた。あとは、金を流した理由を聞くだけだ」

　渋面(じゅうめん)を作った城山の声が微(かす)かに震えていた。

　伏見はフロントガラスの先に視線を向けつつ、小さく唸り声を上げた。

「残るは、日本に金を持ち込む手段ですね」そう言うと、車のエンジンをかける。

「明日にでも奥西建設に行きますが、城山さんはどうしますか」

「俺はやめておく。万が一お前と行動していることが神津にバレたら、今度こそ帰してくれないだろうからな」

城山は合同庁舎を見ながら言った後、後部ドアを開けて外に出る。

「資金の流れについては、こちらで引き続き調べる。お前はお前でやれ。早くしないと、神津が動くぞ。あいつはなんとか証拠を掴むために、秘書の古池忠一を引っ張るつもりだ。裏金を管理しているとしたら秘書だろうから、なんとしてでも裏金の管理記録を押収するか、証拠隠滅されていたら自白させるつもりだ。そうなったら勝手なことができなくなる。神津はああ見えて猪突猛進（ちょとつもうしん）タイプだからな」

注意を促した城山は、ドアを閉めて姿を消した。

「奥西社長に会って、問いただすんですね」

城山の背中を見送った花琳が問うと、伏見は少しだけ間を置いてから否定した。

「いろいろと聞きたいことがありますが、追いつめるにはまだ材料がありませんので、やはり……」

その時、電子音が車内に流れる。

伏見はスーツのポケットからスマートフォンを取り出して耳に当てた。

「もしもし。どうしたのですか」

〈どうしたもこうしたもないやろ！〉スピーカーホンにしたのか、大きな関西弁が流れてくる。どこかで聞いたことのある声だった。

〈飯田功のことを調べろって言ったのは、お前やないか！〉

「そうでした。それで、どうでしたか」

　ダッシュボードに置いてあるスマートフォンを、助手席のほうにずらしながら伏見が問う。まったく意に介していない様子だ。

〈飯田功の遺体の写真のみでの判断やから、確証はない〉

「かまいません。盛崎さんの意見は基本的には尊重しますので」

　盛崎という言葉を聞き、科警研に所属するプロファイラーだと思い出す。

〈……相変わらず減らず口を叩く奴やな〉盛崎は痰が絡んだような咳をしてから言葉を続ける。

〈人が高所から飛び降りた場合、身体が水平になって落ちる、頭から落ちる、足から落ちるの三つのパターンがあるんやけど、それぞれに異なった状況になる〉

　水平の場合は骨や内臓に多大なダメージが加わり、頭から落ちたら頭蓋骨が割れて脳が出て、足から落ちると足の骨が折れて一度座ったような形になるから、尻にも衝撃がある。また、首の骨や肋骨(ろっこつ)も折れると説明する。

〈自殺の場合は、両足から飛び降りることがほとんどや。飯田功の遺体は状況から見て水平パターンや。ほんで、仰向けに倒れとったから、空中で一回転したか、強い力で押されたかや。崖は十メートルで、一回転はほとんどありえへん。ただ、強い力で押されれば、仰向けになる可能性がある〉

「つまり、他殺ですか」

伏見の口調が微かに熱を帯びる。

〈だから確証はないって言ってるやろ。現場を見に行ったら地面が傾斜していたから、今言ったワシの見解が変わる可能性もある。ただ、ガードレールもあるし、誤って落ちたってのはありそうにない。足が折れていないことを考えて、自殺の線もない。首の骨が折れているのが気になるが、おのずと可能性は絞られてくるやろ〉

「ありがとうございます。大変参考になりました。ちなみに、所見をまとめた報告書をいただけると嬉しいのですが」

〈……所見なんて大層なもんは無理や。写真だけの判断やって言ったろ〉

「では、遺体を写真で見た感想文でもいいですよ」

〈まぁ、それくらいなら、してやらんでもない〉

「いつまでにできますか。早いほうがいいです」

〈……ほんまに、遠慮ってもんを知らん奴やな……そもそも、警視庁の担当者も、このくらい調べとるやろ〉

「捜査報告書には、そういった記述はありませんでした」

〈……明日には送ったる〉

「よろしくお願いします」

淡々と伏見が礼を述べると、舌打ちが聞こえてくる。

〈今度焼肉おごれよ〉

そう言って、盛崎との通話が終わる。

スマートフォンを内ポケットに戻した伏見は、シートベルトを締め、車を発進させた。

「どうして、もっと早く写真鑑定を依頼しなかったんですか」

花琳が問う。素朴な疑問だった。もっと早く写真での鑑定を依頼していれば、周囲に他殺であるという主張をアピールできたはずだ。

伏見は不思議そうな顔をした。

「僕は警視庁の爪はじき者ですよ。鑑識だって、僕に協力してくれるわけじゃありません。写真鑑定を依頼するのだって、一苦労ですし、実際に頼んだら断られました。だから、個人的な伝手である科警研の盛崎さんを頼ってようやく実現したのです。もちろん、非正規なルートです」

「……そういうものですか」

「そういうものです」

淡々と言う。

その後、伏見の運転する車は、警視庁に戻り、その日はすぐに解散となった。

翌日の早朝。伏見から花琳に連絡が入った。

東京地検特捜部が近く、KGリサーチの金田と、武藤道仁の秘書である古池忠一を政治資金規正法違反で引っ張るということを淡々と伝えた。この情報は城山から聞いたものだと注釈した伏見は、政治資金規正法違反というのは別件逮捕に近く、神津はあくまで飯田功殺しを明らかにするつもりのようだと言う。

そして伏見は、多少強引でも、早く真相を明らかにしなければならないと告げ、電話が切れた。

3

花琳は、新宿にある奥西建設の本社にいた。

最上階となる十六階の社長室。新宿の高層ビルに囲まれているせいか、窓の外の見晴らしはそれほど良くはなかった。

見るからに高級感漂う茶色い革張りのソファーに座った花琳は、座りの悪さを感じて尻を動かした。その原因が、目の前に座る奥西利一であるのは明らかだった。

「なにか、聞き忘れたことでもあるんですか」

「いえ、今日は伝えたいことがあって来ました」

感情の読み取れない声を出した伏見は、座っていても猫背だった。

「……急に、明日会いたいと言うくらいですから、有用な情報なんでしょうね」

不快感を露にしながら奥西が問う。

「はい」伏見はこくりと頷いた。

「特捜部が動いて、KGリサーチの金田敦と、武藤道仁の秘書をしている古池忠一という男を拘束しようと証拠集めを進めているそうです。KGリサーチはご存知ですか」

花琳は驚く。捜査機関の動きをこうも簡単に漏らすなんて、伏見という男の神経を疑う。

奥西の表情はほとんど変わらなかったが、目に鈍い光が宿っていた。

「知っていますよ。建設業界の情報をメールマガジンで配信するんですよね。私の会社は入っていませんがね」

それで、と奥西は続ける。

「なんの容疑で捕まえるんですか」

「政治資金規正法違反ということです。談合をするための後ろ盾を依頼したということで引っ張るようです」

「そうですか」奥西は手で顎を擦りながら言う。

「どうして、そんなことを私に言うんですかね」

「奥西社長と無関係ではないからです。ちなみに、政治資金規正法違反というのは別件逮捕で、本当の目的は、殺人罪を立件しようとしています」

「……殺人、ですか」

唇をわずかに歪めた奥西に対し、伏見は眠そうな目を向け続ける。

「いよいよ無関係な話になって……」

「特捜部の検事は、奥西建設に勤めていた飯田功さんが殺された件の真相を暴きたいとのことでした」

その言葉に驚愕の表情を浮かべた奥西は、感情を押し隠すように咳払いをする。

「功が殺されたって……まだそんなことを言っているんですか」

「警察は自殺と言っていますが、僕は他殺だと考えています」

この件は後ほど話しますと呟き、出されたお茶を一口飲む。

「いろいろと飯田功さんの周囲を調べていて、面白いことが分かったのです」

伏見は薄い唇を動かし、城山から聞いた裏金の話を伝える。それを聞いていた奥西は、眉間の皺をどんどん深めていった。ただ、まだ表情に余裕があるのは気のせいだろうか。

「飯田功さんが頻繁に行っていた社員旅行ですが、彼の手帳に〝ヨーカン〟と書かれてありました。その下の数字は、五本だったり六本だったりで、最高は八本。最初、なにを意味しているのか分かりませんでした」

口を閉ざしたままの奥西は、真っ直ぐに伏見を見ている。

「それで、実際に食べるほうの羊羹を買って眺めていたのです。二本ほど食べたところで、面白いことに気づきました。札束は、羊羹みたいな形だなと」

花琳は当惑する。

羊羹の形が札束？

「奥西建設がシンガポールで中古重機のオークションをして、それが裏金作りになっているということは既に調査済みです」

伏見は、城山から聞いた内容を淡々と話す。

それを聞いている奥西は足を組み、表情を変えない。やはり、妙な印象を花琳は受ける。奥西建設の裏金作りを摑まれたというのに、この余裕は不気味だ。

「問題は、香港で日本円に換金した後、どうやって日本国内に持ち込むのか。僕は、社員旅行で必ずマカオを経由するということに注目しました」

「入国証印を押してもらうためでしょう？」

不意に奥西が声を発した。

口を閉ざした伏見の眉間に皺が寄る。理解できない。そんな表情だった。

奥西は笑みを浮かべる。

伏見は無表情で頷く。

「マカオに入国したという証明書があれば、帰国したときに税関に足止めされても、マカオで大儲けしたと言い張れる。これで税関の目も騙せて、金を無事に持って帰れるってことですね。非合法な活動には隠語が便利です。おそらく、飯田功さんの手帳に書かれていたヨーカンというのは、札束の本数のことを言っているのではないでしょうか。ヨーカン一本は、便宜上、一千万円くらいでしょうか」

伏見は両手を広げ、一千万円ほどの厚さを示す。

「そのとおりです」声を発した奥西の表情は明るかった。

「実は私も、社内に調査委員会を設置してこの件を調べていたんですよ。そして、功が中古重機売買の主犯だと分かったんです。その証拠もあります」

落ち着いた声を出した奥西は、窓際に置いてある机の前に移動し、引き出しから一冊のファイルを取り出して伏見に手渡す。

「功が記載していた裏帳簿取引のデータです」

「B勘定ということですか」

ファイルの中身を確認しながら伏見が呟く。

「よくご存知ですね」奥西は驚いた表情を浮かべる。

「表に出せない取引をB勘定と呼んでいるようです。功はこの帳簿に中古重機売買を記録していたらしいんです。彼には、中古重機売買の権限を与えていたんですが、裏金を作って豪遊していたらしいんですよ。前にもお伝えしましたが、私は慰安目的で功を含む数名の旅費を出していました。彼はそれを利用して、重機ブローカーから重機取引でプールした金を受け取って日本に持ち帰っていたみたいなんですよ。ヨーカンという隠語も、たしかに一千万円を表現する際に使っていたようです」

「重機ブローカーについての情報は摑んでいるのでしょうか」

奥西は首を横に振る。

「いえ、ブローカーの存在は把握しているんですが、詳細までは分かっていません。彼らもプロなので、おそらく捕まらないでしょう」

「どうして、このことを警察に届け出なかったのでしょうか。飯田功さんは、会社を騙して私腹を肥やしていたのですよね」

ファイルを閉じた伏見が訊ねる。

奥西は目を瞑り、苦悶に近い表情を浮かべる。

「このファイルだけでは証拠が不十分だと思ったんです。本音を言えば、会社の不祥事を隠蔽したいという気持ちもありましたが……膿は出さなければならないと思って内部調査を進めていたんです」

「膿、ですか」

伏見は呟き、俯き加減になる。なにかを考えているようでもあったし、眠っているようにも見えると花琳は思った。

「奥西社長の話が本当だとして」顔を上げた伏見は、半眼を奥西に向ける。

「飯田功さんはシンガポールでの中古重機売買を担当していて、その地位を利用して裏金を作り、社員旅行を利用してマカオや香港に行って、重機ブローカーから金を受け取って日本に持ち込み、豪遊していた」

「そういうことです」

泰然とした様子で奥西が頷く。

伏見はしばらく無言だったが、やがて薄い唇を開く。

「分かりました。飯田功さんはもうこの世にはいませんが、調査を進めます。とても参考になりました。このファイルはお借りしてもよろしいでしょうか」

裏帳簿取引のデータを綴っているファイルに手を置きつつ訊ねる。

「構いませんよ。捜査にご活用ください」

伏見は立ち上がり、頭を軽く下げて勝手に帰ってしまった。

「……伏見さんという方は、いつも寝不足なんですか」

伏見が消えていった方向を見ながら奥西が訊ねる。

花琳は、眠そうに見られる顔に生まれたんだと思いますと答え、奥西に礼を述べて部屋を辞した。

警視庁に戻った伏見は、占有事務所と化している資料庫にあるソファーに正座して、奥西から借りたファイルの中身を一枚一枚丁寧に読み込んでいた。

花琳は、部屋の隅にある丸椅子に座り、資料庫を見回す。軽量棚には段ボールが詰めこまれ、番号や日付が書かれている。しばらくここにいても、資料を取りに来る人を見たことがない。おそらく重要な書類はデータ化されているのだろう。

太股(ふともも)に置いたノートパソコンの画面を見つつ、キーボードを叩く。

日本に来た理由は、スーパーゼネコンである島中建設のことを探るためだ。台湾の地震で明らかになった大連通路橋集団公司(ダレントンロチヨウジダンゴンシ)の欠陥住宅について、工費を浮かせる方法を伝えたのが島中建設と言われており、浮いた金を現地の政治家などへの献金に当てているという噂だった。島中建設は、海外進出でほかのスーパーゼネコンに遅れを取っていて、業績も芳(かんば)しくなかった。赤字を補う目的の中国進出も、有効な一手になっておらず、赤字拡大に歯止めが利かない状態のようだ。そのため、裏金をばらまき、工費の安さを売りにして工事を受注している。公安部に所属する花琳は島中建設と政府高官の癒着を捜査し、なんとか摘発しようと考えていた。

黄鉄林。過去に大連通路橋集団公司の設計部に所属しており、島中建設がおこなった不正の一端を担っていた人物と目されていた。なんとか懐柔し、証拠なり証言なりをもらえれば、島中建設が海外事業でおこなっている不正を摘発できる可能性がある。

「やはり、無理がありますね」伏見が唐突に言う。

「裏帳簿取引の資料は、裏金作りを証明するに十分なものです。過去十年間で、約六十五億円の裏金のデータが載っています。これは、捜査二課の城山さんが調査した金額とほぼ一致します」

「……六十五億ですか。すごいですね」

花琳は途方もない数字にため息を漏らす。

「裏金は豪遊に使ったとされていますが、派手に豪遊すれば、かなり目立ったはずです。しかし、飯田功の周辺を捜査していても、そのような話はありません。その理由は二つ考えられます。上手く誤魔化していたか、もともとそんな裏金は持っていなかったかです」

「後者でしょうね」

花琳の言葉に、伏見は頷く。

「一社員だけで、これほど大規模な裏金作りをすることなど、できるはずがありません。奥西社長が首謀者で、社員がせっせと裏金を日本に持ってくるというストーリーのほうが自然です」

花琳はノートパソコンを閉じる。

「つまり、奥西社長が裏金作りのことを飯田功に負わせるために殺したということですか」

「それも理由の一つでしょう。国税の動きなども察知していて、このような資料を作成した可能性があります」

テーブルの上にあるファイルに手を置いた伏見は、目にかかりそうなほどの長さの前髪を手で払う。

「ただ、理由はそれだけではないでしょう。裏金の一部が暴力団である大図組に渡っていることも気になりますし、なにより死んだ飯田功が、休日に奥西建設が造ったマンションに行っていた理由も不明です」

しかし、と続ける。

「ようやく犯人を見つけました。奥西社長が飯田功を殺した張本人であり、合理的殺人者です。あとは証拠を摑むだけです。いえ、今回は、経済学を使って強引に自白させようと思います」

「……どうやって、自白させるんですか」

花琳が疑問を口にする。すると、伏見は口の端を僅（わず）かに上げる。

「経済学は、犯人を見つけるためだけではなく、自白させる手段としても有効なのです」

声の調子はいつもと変わらなかったが、少しだけ熱を帯びているように花琳には聞こえた。

4

翌日。ＫＧリサーチの金田が、談合罪で東京地検特捜部によって逮捕された。

花琳は、伏見と捜査二課の城山と共に中央合同庁舎の十五階にある検事室に来ていた。

重厚な机の向こう側に座る神津は相変わらず笑顔だったが、表情が引き攣ったまま硬直しているようにも見える。

「ご存知かと思いますが、取調べや補充捜査で忙しいんです」

温和な声にも棘を感じる。

KGリサーチの金田を逮捕してから二日後。

世間では連日報道されていたが、KGリサーチという会社の内情を把握できていないメディアは、表面的な報道に留まっていた。

「談合罪という引きネタで贈賄側の身柄は確保したので、あとは取調べで自白をさせてから、収賄側の武藤道仁を政治資金規正法違反で逮捕し、そのうえで飯田功殺害の件を明らかにします。ですから……」

「そのことについて、お話があって伺いました」

伏見の単調な声がする。話を遮られた神津は眉の間を微かに曇らせる。

「……なんでしょうか」

「神津検事は、談合のもつれによって飯田功は殺されたと考えているのですか」

「そのとおりです」神津は頷く。

「KGリサーチの金田が武藤道仁の秘書を通じて依頼し、飯田功は殺されたんです。武藤道仁にとって、KGリサーチの談合取りまとめは金の生る木。その利権に群がるハイエナの中に闇社会の人間がいてもおかしくありませんし、その伝手を使って飯田功は殺されたんです」

早口で言った神津を、伏見は真っ直ぐに見つめた。

「いえ、その見立ては間違っています。飯田功を殺したのは、奥西建設の社長である奥西利一です」

いつもの口調。しかし、その声には人を説き伏せるような力がこもっていた。

「……奥西建設の社長が？」神津は釈然としない表情を浮かべる。

「どうして社長が、同じ会社の人間を殺すんですか」

「裏金作りの犯人に仕立て上げるためです」

「裏金作り？」

「はい。ただ、もう一つ理由があります。それは、建築偽装のことを隠蔽するためです」

そう言った伏見は、隣に座る城山に視線を向ける。

「建築偽装の件については、今、証人を捜しているところです」

「……つまり、まだその証人とやらは見つかっていないということですね」

蔑むような目をした神津が訊ねると、伏見は頷く。

「はい。しかし、端緒はつかみました。また、ご報告します」

そう宣言した伏見は、踵を返して検事室から立ち去った。

5

城山を残して中央合同庁舎を出ると、伏見は右手に巻いた腕時計で時間を確認し、ちょっと移動しますからと告げる。

花琳が行先を訊ねると、サンメゾン川崎ですと答えた。

車は、川崎市宮前区に向かって走り、マンションの近くで停まった。

快晴で風もないので、マンションに隣接する公園には小さな子供たちが走り回り、それを母親が見守っていた。平和を体現したような光景を花琳は眺めていたが、その中に異質な者がいた。

奥西建設コンプライアンス課の及川だった。

伏見は真っ直ぐに近づいていき、及川が座っているベンチの隣に座る。花琳は別のベンチに腰を下ろす。声は十分に聞こえる距離だった。

「わざわざ、お越しいただいてすみません」

「外出理由をこじつけるのに苦労しましたよ。それで、なんでしょうか」

問われた伏見は無表情のまま、澄んだ空を見ていたが、やがて、及川と視線を合わせた。

「今日は『集団思考』という行動経済学の言葉を伝えようと思ったのです」

「……集団？」

及川は怪訝な表情になったが、伏見はその顔を見ようともしなかった。

「そうです。集団浅慮とも言います。奥西建設のようにワンマン社長の発言力が強い場合、周囲がイエスマンになりやすく、不合理なことや危険な決定が容認されることになってしまうのです。原因として、自分たちの集団に対する過大評価、閉ざされた意識、均一性への圧力があり、こういった影響力の下では、採用しようとする選択の危険性を検討しないという罠に陥ってしまう可能性があります」

「……なにが言いたいんでしょうか」

「僕は、奥西建設の不正をある程度摑んでいます。海外での重機売買による裏金作りや、建築偽装です」

その言葉に、及川は微動だにしなかった。暗に認めているのか、しらを切ろうとしているのか判断できないが、動揺を見せないということは、それらの不正を知っているのだろうと推測できる。

「この集団思考のトラップから逃れる唯一の方法は、良き反対者の席をつねに作っておくことです。イギリスの哲学者であるジョン・スチュアート・ミルは、もし反対者がいなければ、人為的に作り出さなければならないと言っています。その役割を担う人を〝悪魔の代理人〟と言うそうです。その対立構造があり、きわめて聡明な悪魔の代理人がいれば、意義ある論点を示すことができるのです。そして、今回の事件における悪魔の代理人は、飯田功さんだと僕は考えています。飯田功さんは、奥西建設の不正を告発しようとして殺されました」

「いや、彼は殺されたのではなく……」

「その考えは保留にしてください」

及川の言葉を遮った伏見は、視線を前方に移す。

「飯田功さんは悪魔の代理人として、奥西建設の不正を糾弾しようとしました。ただ、経済学的に考えて、飯田功さん一人で行動を起こしたとは考えにくいのです。おそらく、失踪した橋本広嗣さんと星野明美さんも、悪魔の代理人としての役割を担っているはずです」

「……二人を、見つけたんですか」

その質問に、伏見は首を横に振って否定する。

「ただ、彼らの居場所を知っている人間は見つけました。僕の目の前にいる、あなたです」

及川は反応を示さず、ただじっとしていたが、やがて大きく息を吐く。

「どうして、そう思うんですか」

猫背の伏見は、かすかに口の端を上げた。

「国税庁の調査で、奥西建設の脱税が濃厚になり、捜査二課も正式に事件として取り扱うことが決定しました。そこで僕は、重要参考人ということで橋本広嗣さんと星野明美さんの名前を出し、携帯電話の通話履歴を開示してもらうように依頼して認められました。そして、ある電話番号と頻繁にやり取りをしていることが判明したのです。それは、あなたの名刺に書かれていた携帯電話の番号でした」

その言葉に、及川は額に手を当て、こめかみを揉む。

「……言い逃れは、難しそうですね」

「はい。通話履歴は、たしかな証拠ですから」

「……彼らから相談を受けたとき」及川は視線を、走り回る子供に向けた。「にわかには信じられなかった。会社を告発しようとして命を狙われているなんて、普通なら信じませんよ」

「でも、信じたのですね」

及川は頷く。

「飯田さんは、会社を告発しようとして証拠を集めていたようです。ただ、一人では難しいということで、橋本君に相談し、現場で働く星野君に声をかけて、三人で証拠を集め始めたと聞きました」

「及川さんは、そのことを社長に報告しようとは思わなかったのですか」

「……もちろん、頭をよぎりましたよ。でも、あまりにも酷い建築偽装と知り、腹を括(くく)ったんです」

伏見は感心したように頷く。

「飯田功さんは、なんの告発をしようと思っていたのでしょう」

「建築偽装と、裏金作りです」及川の表情は硬い。

「とくに裏金作りは、飯田さんも最近になってから社長に指示され、断れずに手を染めていたので、かなり苦悩していたようですが、会社を正したいと決心したと言っていました。正義感の強い、いい人でした」

惜しむように、唇を曲げる。

「しかし、公正取引委員会に提出するには不十分なものしか集まらなかったので、飯田さんは新聞社に持ち込もうと画策していたところ、時期を合わせたように亡くなってしまったんです。その後、私は橋本君に会って、何者かに命を狙われたことと、それが暴力団だということを知らされました。信じたくはなかったですが、過去に社長が暴力団を使って他社を脅していた疑惑で捜査されていますし、あり得ない話ではないと思って、橋本君と星野君を匿うことにしたんです。飯田さんは、新聞社に持ち込むことが社長に露見して、暴力団に殺された可能性が高いということを橋本君から聞かされて、かなり切迫した状態だと理解しました」

そう言い終えた及川の顔を、伏見は覗き込む。

「僕は、彼らと連絡を取る必要があります。裏金と建築偽装を告発するに足る証拠を持っているはずですので」

「会わせることはできません」

及川がきっぱりと言う。

「どうしてですか」

「彼らは命を狙われているんです。当然の対応です。それとも、警察が保護してくれるんですか。暴力団に命を狙われているからと説明して、納得して警護でもつけてくれるんですか」

「無理ですね。暴力団に狙われているという証拠がありませんから」そう言った伏見は、少しの間沈黙し、再び口を開いた。

「では、証拠書類のコピーだけでもいただけませんでしょうか。後、電話でいいので一度だけ話をさせてください。それを基に、僕は奥西社長を殺人教唆の罪で逮捕してみせます。それは同時に、橋本広嗣さんと星野明美さんの命を守ることでもあるのです」

「……そんなこと、できるんですか」

及川は首を傾げる。

花琳も疑問だった。どうやったら、不正の証拠を使って殺人教唆を証明できるのだろうか。伏見は特に方法などを説明せずに、及川と別れた。

後日、奥西建設がおこなっている不正を明らかにする資料のコピーが及川によってもたらされた。伏見はそれを東京地検に持っていき、神津に事情を話した。

中古重機取引による裏金作りの件と、建築偽装の証拠資料を確認した神津は、しばらく身体を硬直させていたが、やがて大きく息を吐くと、自分の見立てに修正の余地があるようだと呟いた。そして、現在の捜査方針を変えるため、神津と城山は特捜部と捜査二課に説明に行き、花琳と伏見が奥西建設に行って奥西社長を自首させるという態勢を取った。

6

伏見と花琳は新宿にある奥西建設に向かい、首尾よく社長室に案内された。

「つい先日来られたばかりなのに、どうしたんですか」

笑顔を浮かべた奥西は、花琳と伏見の対面(トイメン)に座っている。

「僕は、飯田功さんの自殺を不審に思い、調査を進めてきました」

伏見は前置きもなく、唐突に説明を始める。

奥西は一瞬面食らった顔になったが、すぐに表情を引き締めた。

「そして、飯田功さんが殺されたという結論に至りました」

「……殺人、ということですか」

「はい」

「誰が犯人なんですか」

「真相を述べる前に説明します。この事件には利他的な不正と、利己的な不正があります。言い換えれば、非合理的な行動と、合理的な行動の二つが絡み合っているのです」

伏見は口を挟む余地を与えずに続ける。

「非合理的な行動は、奥西建設が建築偽装をしているという点です」

「ち、ちょっと待ってください！　うちの会社は偽装なんてしてないですよ！」

声を張り上げた奥西は、憤怒に顔を震わせる。

「いえ、しています」

「無礼な！　証拠はあるのか！」

部屋に響き渡る声は、耳を塞ぎたくなるような声量だった。しかし、伏見はまったく動じていない様子だった。

「建築偽装というものは、目に見えない部分でおこなうため、一度建物を建ててしまったらなかなか表に出ません。ですので、不正が明らかになりにくい性質を持っています。僕も奥西建設が造ったマンションをいくつか見ましたが、見た目は普通のマンションでした」

奥西は目を怒らせる。

「……なにが言いたいんだ」

「第三者に露見しにくい不正ですが、当然、当事者なら分かります」

伏見は、花琳に資料を出すように指示する。

バッグから封筒を取り出した花琳は、紙の束を取り出してテーブルの上に置いた。

「奥西建設がおこなった偽装の証拠です。鉄筋の製品検査証明書を偽り、日本製ではなく海外の強度の低い鉄筋を使っていることや、コンクリートの強度偽装、地中梁(ばり)工事の際にコンクリートの厚みを偽装しているなどの不正の証拠です。内容に目を通しましたが、コア抜きで検査できない地中部分に偽装を集中させていたりと、なかなか手の込んだ内容でした」

資料を手に取った奥西の手が震える。

「……これを、どこで」

「奥西建設の社員である橋本広嗣さんと星野明美さんが、僕に託してくれました」

その言葉に奥西は顔をしかめる。

「奥西建設の偽装を明らかにしようとしたのは、飯田功さんだけではありませんでした。奥西社長はよくご存知だと思います。二人も命を狙われていて、危うく殺されそうになったようですが、命からがら逃げだして身を隠していたそうです」

そう言った伏見は、身体をやや前のめりに倒す。

「飯田功さんを殺害し、橋本広嗣さんと星野明美さんを殺そうとしたのは奥西社長、あなたですね」

「……なにを言っているんでしょうか」視線を泳がせた奥西だったが、まだ表情に余裕があった。

「私が？　どうしてそんなことをしなければならないんですか」

「飯田功さんが集めた建築偽装の証拠を、この二人が受け継いだからです」

相手を蔑むような笑みを浮かべていた奥西の顔から表情が消えた。

伏見は淡々と、橋本広嗣が電話を通じて語った内容を告げる。

「営業一課に所属していた飯田功さんは、奥西建設が造ったマンションで少年が怪我をしたことをきっかけに、独自にマンションを見て回り、このまま放置すれば甚大な被害が発生する可能性が高いことを察知しました。飯田功さんは奥西社長に建築偽装を止めることと、現在建っている建物の偽装も公表したほうがいいと進言しましたが、あなたは聞く耳を持たず、そんなことをしたら会社が潰れると一蹴したということです」

口を一文字に結んだ奥西は、腕を組んだまま動かなかった。

伏見は続ける。

「建築偽装は、裏金を作るというよりも工費を下げることによって末端の職人にもしっかりと給料を支払うための方策のようですね。この費用で作れと施主に言われれば、それに従わなければなりません。その中で皆がなんとかやっていくために、建築偽装をしなければならなかった。これは、社会的効用という考えで、他者の利益を考えた行為です。人間は合理的な行動をする、つまり自己の利益を優先する生き物と考えられていますから、非合理的な行動というカテゴリーに分類できます」

そしてもう一つ、と伏見は言う。

「今回の事件では、合理的な行動もあります。それが、中古重機取引による奥西社長の裏金作りです」

「ち、違うだろ！　あれは功の仕業だということはこの前言ったはずだ！」

慌てて奥西が反論する。

伏見はゆっくりと首を横に振った。

「あのファイルを見ると、たしかに飯田功さんが裏金を作っているように感じますが、一社員がする不正にしては、規模が大きすぎます。また、国税庁と警視庁の捜査で、奥西社長が暴力団である大図組にかなりの金額を渡しているという事実を摑みました。どんな目的で、奥西社長は大図組に金を渡していたのでしょうか。あなたは過去に、談合を拒否した企業に対して、暴力団を使って脅したという嫌疑がかかりましたね。そのときは嫌疑不十分ということで無罪放免になりましたが、今回はそうはいきません。あなたは大図組に、飯田功さんの殺害を依頼しましたね」

伏見の言葉に、奥西の顔が青ざめる。

「そ、そんなことは……」

「この点については、今後明らかにしていきます」

声を遮った伏見は、両手を膝のあたりで重ね合わせる。

「ともかく、あなたにとって、飯田功さんは邪魔な存在だった。建築偽装を暴露される可能性に怯えていたのでしょう。偽装が明るみに出れば、過去十年間に造った建物を再検査しなければならないので、会社が倒産してしまう可能性だってあります。ここからは推測ですが、そんな時、大図組から中古重機取引の不正を国税庁が調査していると聞かされ、すべてを飯田功さんに擦り(なす)つけて殺してしまおうと思いつき、実行に移した。しかし、飯田功さんのほかにも会社の建築偽装を告発しようとする人間がいることを知り、大図組に橋本広嗣さんと星野明美さんの殺害を依頼したが、彼らは命を狙われていることを察知して姿を隠した」

淀みなく言い終えた伏見が口を閉じる。

「……推測でものを言っては困りますね」

「大図組に対しては、これから警視庁組織犯罪対策部の人間が関係者を聴取することになっていますので、いずれ全貌が明らかになるでしょう」

口惜しそうに歯がみした奥西だったが、ふっと肩の力を抜いてソファーの背凭れに背中をつける。

「……私には、会社を守る責務がある」

独り言のような小さい声を発した奥西は、目元を指で揉んだ。

「だが、自由競争の中で受注する工事は利益率が低くなっている。それに加えてKGリサーチの談合が始まり、そこに入ることのできなかった我々の立場は、より弱いものになっていった。だから、裏金を必死に作って、方々にばらまいたんだ。中古重機売買の裏金だって、なにも私腹を肥やすためだけじゃない。会社を存続させるためにも必要だったんだ」

「どうして、KGリサーチに加われなかったのですか」

「あそこの代表は、島中建設に勤めていた金田だ。あいつは島中建設を辞めてKGリサーチを作るまで、別の建設会社に勤めていたんだが、その時に俺が暴力団を使って脅したことがある。それで、恨んでいたんだよ」

「そういうことですか」

伏見は納得したように頷く。

奥西はため息をついた。

「談合をやっていた頃は、満遍（まんべん）なく仕事がいきわたっていたが、一般競争入札になってからは中小が潰れ、体力のあるスーパーゼネコンだけが幅を利かす状態になってしまった。我々も生き残るためにいろいろな方策を考えざるを得なかったんだ」

「『コモンズの悲劇』ということですね」伏見が言う。

「ゲーム理論の一つで、共有地の悲劇とも言います。よくある喩（たと）えですが、共有の牧草地に複数の農民が放牧した場合、自分の土地であれば家畜が牧草を食べつくさないように調整しますが、共有地では自分が家畜を増やさなければ他人が家畜を増やしてしまって取り分が減ります。そのため、一生懸命に家畜を増やしますが、ほかの人も同様に考えますので無尽蔵に家畜の数が膨らみ、牧草地が荒廃します。結果、力のない農民から滅びていき、力のある農民が牧草地を独占するという法則です」

「そのとおりだよ」奥西は何度も頷き、憤慨したように口を歪める。

「談合を取り締まったから、強者だけが生き残る構図ができてしまったんだ」

「各人が協力的な行動を取れば望ましい結果を得られるのですが、富を増やすという合理的な行動を取ろうとすると、逆に全員に被害が及ぶ。そのため、談合という装置が必要だったということですね」

そう言った伏見は、左手で頭を掻く。

「談合が必要かどうかの議論はともかく、あなたは大図組に飯田功さんの殺害を依頼し、実際に自殺に見せかけて殺させました。そして、あなたの指示によって、橋本広嗣さんと星野明美さんの命も狙われた」

「そんなことはない。証拠でもあるのか」

落ちたと思った奥西は、力強い声で否定する。

伏見は眉間に皺を寄せる。

「証拠は見つかっていませんし、僕の意見は推測でしかありません。大図組のようなプロが介在しているので、証拠を見つけることは難しいでしょう」

「たしかに俺は、裏金作りをした。だが、殺人を依頼などしていない。もう話は終わりだ。帰ってくれ」

太股を叩いた奥西は大声を出す。勝ち誇った表情を浮かべていた。

「帰る前に一言、助言をさせてください」伏見は目を細める。

「経済学的に、あなたは黙秘するよりも自白するほうが高い効用を得られますよ」

その言葉に、奥西の顔が歪む。

伏見は淡々と続ける。

「さきほど、コモンズの悲劇について説明しましたが、なにも、建設業界のみに当てはまる法則ではありません。暴力団だって同様です」

「……なにが言いたい」

苛立った口調で奥西が訊ねる。

「コモンズの悲劇は、消耗戦による弱者の排除という特徴があります。たしかに皆が共生するのが理想ですが、自然の摂理で言えば、弱い者が淘汰されるのは当然のことです。つまり、強い者にとっては、共生よりも競争という土壌のほうが合理的なのです」

「なにが言いたいのかはっきりしろ！」

奥西は立ち上がって大声を発し、伏見は猫背のまま奥西を見上げる。

「組織犯罪対策部が大図組の関係者を聴取しようとしていますが、その時に、奥西利一が大図組に殺人を依頼したことを吐きそうだと伝えてもらうようにしています」

その言葉に、奥西の顔がさっと青ざめる。

「もし僕が大図組だったら、あなたを事故死か自殺に見せかけて殺し、口封じをします」

淡々と伏見は言う。本当にするのではないかと思ってしまうような冷淡な調子だと花琳は思った。

「殺人の依頼を受けて実行したということが露見すれば、大図組は相当の打撃を受けるでしょう。そのため、大図組としては、最悪の事態を回避するために証人を消す可能性は十分にあります。組織の重さと、あなたの命の重さ。彼らにとってどちらが重いでしょうか。どちらが、淘汰されるでしょうか」

伏見は微かに笑う。

「勝ち逃げは、一〇〇パーセント許しませんよ。経済学的に、あなたが一番効用を得られる行動は、すべてを自白して警察の保護を受けることです。懲役は免れませんが、命は保障されます。主観的期待効用を計算するまでもありません。言い逃れできる僅かな可能性に賭けるよりも、すべてを自白し、命を守るほうが、現状では最大の効用を得られます……あなたにとって、命より大切なものがあれば、話は別ですが」

奥西は唇を噛みしめ、伏見を睨みつける。

「……脅したって無駄だ」

「どういうことですか」

「私は、人殺しなんてしていない」

伏見は目を見開いた。

「命が惜しくない、と言いたいのですか」

伏見の問いに、奥西は唇を固く結んだままだった。

7

奥西建設から警視庁の資料庫に戻ると、伏見はソファーに正座して、頭を掻いた。

「もう少し合理的な男だと思っていたのですが、当てが外れました」

男とは、奥西のことを指しているのだろうと思いつつ、花琳(ファリン)は先ほどの会話を思い出す。伏見は、大図組に殺される可能性があるから自白しろと迫った。逮捕されることと、殺されること、どちらを選択したほうが得かを選ばせたのだ。

たしかに合理的な人間に対しては有効かもしれないと思う。

命を失ったら、それこそすべてが無になる。しかし、逮捕された場合、死刑になる確率は低いので、やり直す機会はある。二つを天秤にかければ、どちらを選択すればいいのかは明らかだ。

「奥西の性格上、リスク選好型なので、逮捕されずに生き残るという賭けに出たのでしょう。いや、もしかしたら……」

伏見はぶつぶつと言いつつ、ホワイトボードに関数を書きなぐっていくが、やがて手を止めると、スマートフォンを取り出して、スピーカーホンにする。

五度目のコール音で、電話が繋がった。

〈なんや。学者さん〉

電話の向こうから、科警研に所属する盛崎の声が聞こえてくる。

「プロファイリングで、犯人を自白させられませんか」

〈……唐突なやっちゃなぁ。まだ勤務中やで〉

「これも立派な仕事ですよ」

〈ほんなら正式に依頼してこんかい！　ワシは学者さんの便利な猫型ロボットちゃうで！〉

「自白させたい相手は、狡猾（こうかつ）な殺人犯です」

無視して自分のペースで話を進めるので、大きいため息がスマートフォンから聞こえてきた。

〈……そいつは否認しているんやな〉

「はい」

〈追いつめるための証拠はあるんか？〉

「客観的証拠はほとんどありません」

舌打ちの後に、咳払いが聞こえてくる。

〈えーっと、学者さんの嫌いなバイアスのかかった統計やけど、まずな、否認する奴に共通する心理は、自供することによって招く不利益な結果を回避したいっちゅう欲求があるんや。ほんで、否認している奴への有効なアプローチとして、事実分析的アプローチと、共感的アプローチがある。事実分析的アプローチってのは、被疑者の供述の矛盾や不一致を示したり、被疑者に反論の余地のない証拠を突きつけたり、証拠を直接示さないで捜査の結果が被疑者を犯人だと暗示していると示す方法なんや〉

「つまり、言い逃れできないように包囲網を狭めて吐かせるということですね」

〈せや。ほんで、もう一つの方法は、共感的アプローチで、読んで字のごとく、共感してやることや。殺人事件の被疑者の六二パーセントが、真実を述べようという意思決定を促した要因として、共感的アプローチを挙げているんや〉

「共感、ですか」

腕を組んだ伏見は、首を傾げる。

〈捜査心理学では常識やけど、自供の動機は、内発的動機と外発的動機、証明、不利益の軽減の四つに分類することができるんや。内発的動機は、罪の意識や悔悟（かいご）の念ってやつや。外発的動機は、取調官の説得力や行動や態度。証明っちゅうのは確固たる証拠があって言い逃れできない状態を認識していること。不利益の軽減ってのは、自供したほうがお得だと被疑者が思うことや〉

そもそもな、と盛崎は続ける。

〈取調官に適した人格ってのは、知性的で、人間性に対する優れた理解力を持ち、他人と協調していけるような善良な性格と忍耐力、そして執着心を持ったワシみたいなもんが向いとるんや〉

「僕も、そのタイプに一致します」

〈正反対やんけ！〉

盛崎の大声が部屋に響き渡る。

「そうでしょうか」

〈そうに決まっとるやろ！〉

そう叫んだ盛崎は、もうええ、と言う。

〈ともかく、被疑者が自供するのは、自供による不利益が、否認し続けることによる不安の持続よりも望ましいと判断するからや。ただ、殺人事件の被疑者の場合は、恐怖や不安を回避したいという欲求が強く作用するから、自分に不利なものを過小評価している可能性があるやろな。以上や。ワシは忙しいから、もう切るで。困ったら夜にかけ直すか、メールで頼むで〉

そう言うと、スマートフォンから不通音が流れてくる。

伏見は頭を掻きながら、再びホワイトボードに向かった。

「事実分析……共感……」

呟きながら、関数を連ねていく。

花琳はそれを見ながら、盛崎の話には、重大なヒントが隠されている気がした。

奥西の言動を振り返る。

そして、あることに気づき、目を大きく見開いた。

「あの」

花琳の声は届いていないらしく、書く手を休めない。

「あの！」

大声を発する。ようやく伏見の動きが止まり、眠そうな目を向けてきた。

「なんでしょうか。今は少し忙しい……」

「いいから聞いてください」花琳は強い口調で言ってから続ける。

「たぶんですけど、奥西はリスクを深く考えていないんだと思います」

「……話が見えてきません」

頭の中を整理しつつ、言葉を紡ぐ。

「奥西は、大図組に自分が殺されるわけがないと、根拠なく思っているんだと思います。盛崎さんも言っていたじゃないですか。被疑者は、自分に不利なものを過小評価するって」

その言葉に、伏見は目を丸くする。初めて驚いた顔を見たなと花琳は思った。

顎に手を置いた伏見は、なるほど、と呟く。

「不確実性を計算できていない可能性ですか。たしかに僕は、あの男を買い被っていたのかもしれません」

花琳は頭に浮かんでいる言葉をそのまま出す。

「ですから、本当に命を失うかもしれないと思わせればいいんです」

「どうやって、やるのですか」

伏見が問う。

「日本の公安は、転び公妨というものをやっていたそうですね」

公安の警察官が突き飛ばされたふりをして転び、公務執行妨害罪を適用して逮捕するという方法があった。

「私は刑事部に所属する前、三年間国内安全保衛局を経験しています。日本の警察より、ターゲットを追いつめる方法を多く知っていますし、得意だという自負もあります」花琳は言いながら、笑みを堪え切れなかった。

「私が無事に、奥西にリスクを認識させてみせます」

8

不眠状態が続いていた。

キングサイズのベッドから這い出た奥西は、一階に降り、冷蔵庫からペットボトルのミネラルウォーターを取り出した。コップに注ぐのも面倒だったので、そのまま飲む。

最近、周囲で不穏なことが起こっている。

今日は久しぶりに電車に乗る用事があったので、駅のホームの白線の上で待っていた。その時、背後に嫌な気配を感じたので咄嗟に振り向くと、サングラスをかけた肥満体の男が笑いかけてきたのだ。ゾッとした。すぐにその場を離れたからいいものの、もし振り向かなかったら、どうなっていたのだろうかと冷や汗が出た。

　それだけではない。

　昨日は一方通行の道で車に轢かれそうになったし、一昨日は、あからさまに何者かに尾行されていた。

　家族も、尾行されている気がすると訴えていたし、妻は、家の周囲を見て回っている猫背の男がいたのを目撃していた。

　子供は学校帰りに女性に話しかけられ、父親のことを聞かれたらしい。

　家族も、何者かに狙われているのだろうか。

　大図組の仕業かもしれない。そう思い至ってからというもの、伏見と名乗った刑事のセリフが、頭を満たしていた。

――大図組としては、最悪の事態を回避するために証人を消す可能性は十分にあります。組織の重さと、あなたの命の重さ。彼らにとってどちらが重いでしょうか。

　本当に殺す気ならば、こんな回りくどいことはしないだろう。もしかしたら大図組は、なんらかの警告をしているのかもしれない。殺害を依頼したときの窓口に連絡をしても、いまだに繋がらなかった。

疑念が疑念を呼ぶ。

このまま、大図組との関係を黙っていればいいのか。

それとも、このまま黙っていても、いずれ口封じをされるのか。

ガタンガタン。

唐突に、リビングの窓のシャッターが激しい音を立てた。

風ではないのは明らかだった。

家の外に、人の気配がある。

全身に力を込めた。足が震えて、その場に蹲(うずくま)りそうになるのを必死に堪えた。

意識を集中させ、耳を澄ませた。

微かに、足音がする。

ふと、キッチンの上にある換気のための小窓に、影のようなものが映った。

「ひっ……」

呼吸ができなくなる。なにか、身を守る道具はないかと思ったが、身体が硬直して動かなかった。

どのくらいの間、影がその場にいたのか分からないが、やがて、右へと消えていった。どうやら、危機は去ったようだ。

小窓を凝視していた奥西は、その場にへたり込む。

全身から発汗していた。

かれこれ、一週間はこの状態が続いている。警備会社に連絡してセキュリティーを強化してもらったが、安心はできなかった。

警察には相談できない。

自分と、家族の身が危ないかもしれない。

直感が、そう警鐘を鳴らしていた。

大図組が自分を殺そうとしているのかは分からない。しかし、可能性が否定できない以上、楽観はできなかった。

もう、限界だった。

9

伏見が奥西建設に行った十日後。

奥西建設の社長である奥西利一は、大図組に飯田功の殺害を依頼した後、橋本広嗣と星野明美の持っている建築偽装の証拠を破棄する目的で、命を狙うよう再び依頼したことを警察に自供し、逮捕された。

警察に自供した時の奥西は、かなり憔悴(しょうすい)している様子で、対応した警察官が事情を聞くと、大図組に命を狙われているから保護してくれと切実に訴えたらしい。

「花琳(ファリン)さんも、大胆なことをしますね」

伏見の口調は、非難しているようにも聞こえたが、花琳は気づかないふりをする。

「犯罪行為はしていませんから」

奥西の自宅の敷地内に入ったことや、その他もろもろのことは黙っておいた。

リスクを認識させるためには、実感してもらうのが一番手っ取り早いと考えた花琳は、伏見、盛崎、そして神奈川県警の木下麻耶に協力してもらい、奥西を精神的に追いつめることにした。

最初、伏見はこの計画に反対した。しかし、代替案がなかったので、犯罪行為だけはしないという約束で、今回の作戦が実行に移された。

「たしかに、リスクを正しく認識させるには、いい手段だったと思います。しかし、強引な方法であることには変わりません。脅迫に近い行為です」

「今さら批判されても、どうしようもありません」

「批判しているわけではありません。ただ、強引だったと言いたかったのです」

「強引でもなんでも、実績を作ればいいんです」

　強い口調で反論する。

「そのとおりです」一度口を閉じた伏見は、やがて口の端を上げる。

「あくまで僕の主観ですが、花琳さんの行動は爽快でした」

　単調だが、柔らかい声。

　それを聞いた花琳は、なんとなく、進むべき方向を見つけられそうな気がした。

10

「ここが、伏見さんの城ですか」

　警視庁の資料庫に立っている神津が呟く。

　花琳はその横顔を見る。笑みの中に皮肉があった。

「ただの資料庫です」

　一切表情を変えずに返答した伏見は、ソファーに正座して、神津が買ってきたショートケーキを頬張っている。

「たしかにただの資料庫ですが、それほど悪くない個室ですね」

棚板を指で撫で、付着した埃を確認しながら呟く。

ほんの五分前に突然やってきた神津は、お土産を買ってきたと言ってショートケーキを伏見に手渡した後、落ち着きのない様子で資料庫の中を歩き回っていた。

「どうして来られたのですか」

皿の上のケーキを平らげた伏見は、少し迷惑そうな顔をして訊ねる。

身体をぴくりと震わせた神津は、壁際に置かれた丸椅子に腰かけ、足を組んでゆっくりと息を吐く。そして、気まずそうな視線を花琳に向けた後、伏見に向き直った。

「今回は助かったよ」

「助けた覚えはありません」

首を傾げた伏見が言うと、神津は苦笑する。

「特捜部は、以前から武藤が反社会的勢力と関係している可能性を追っていたんだ。湾岸工事の利権がらみで、あいつはかなり汚いことをやっていたという噂は耳に入っていた。それで今回、飯田功が死に、KGリサーチの金田敦や武藤の秘書である古池忠一の動きを察知して、飯田功の死に武藤が関係していると見立てたんだ。しかし、結果は知ってのとおり」

「神津検事の見立ても悪くありませんでしたが、経済学的に考えて、武藤道仁は殺人に関わるリスクを取るはずがないと思いました。現在の地位と、殺害によって得られる効用を計算すれば明らかです。ただ、飯田功が生存していることによって、武藤道仁の地位が脅かされる事態になる場合は、合理的殺人者になる可能性は高いです」

「……よく分からないが、そうかもしれない」

目を細めた神津は、悔しそうに口を歪めている。

二人の様子を横で見ていた花琳は、唇をペロリと舐める。

奥西は、飯田功の殺害教唆を警察に自供した。

自白することの効用と、自白しない場合のリスクを天秤にかけさせるやり方は、経済学者らしいと思った。

伏見の推測どおり、奥西は建築偽装を暴露すると言った飯田功の口封じと、裏金の罪を擦（なす）りつけるために、前から繋がりのあった大図組に殺害を依頼した。奥西の話によると、大図組は飯田功を拉致し、首の骨を折って殺害した上で崖から落とした。そして、偽造した遺言を置くという計画を実行に移したらしい。

大図組は殺害に関与していないと否定しているし、証拠もなかったが、奥西の証言があれば十分だと組織犯罪対策部の担当者は言い、トップを含める主要人物を逮捕して、事実上組を壊滅させようとしていた。また警察は、橋本広嗣と星野明美を、群馬県にある及川の実家で保護した。

特捜部は、KGリサーチの金田が、古池忠一に金を渡していた事実を掴んでいた。当初は飯田功の殺害依頼だと考えられていたが、本当の理由は、湾岸地域の再開発の利権を巡る口利きのための裏金だった。武藤は裏金を受け取ったことを頑として認めず、秘書が勝手にやったことだと嘯いたが、引責辞職をさせられるのはほぼ確実だった。特捜部は武藤道仁を逮捕するための証拠集めに奔走し、近く立件するらしい。

「結果として」

伏見の声に、花琳は記憶の海から引き揚げられる。

「神津検事はKGリサーチの談合を暴いた上で、武藤道仁を汚職で逮捕でき、僕も奥西利一を逮捕できました。お互いに、いい仕事をしたと思います」

「……私は、武藤道仁を殺人罪の教唆犯として起訴するという過ちを犯さずに済んだ。見立てが間違っていたんだ」

「それで、ショートケーキでお礼に来たというわけですね」ようやく神津が来訪した理由を察知したらしい伏見は、納得するように頷く。

「満足のできる、いいお礼でした。あのショートケーキ、行列のできる店のものですよね。一度食べてみたいと思っていたところでした」

「そうか。それはよかった」

神津はそう呟き、気が晴れたように華やいだ笑みを浮かべる。

「そろそろ帰らせてもらう。時間のあるときに、経済学の話でも聞きに来るよ」

「また、甘いものをお願いします」

「そうするつもりだ」

神津はそう言い残して、資料庫から姿を消した。

途端に部屋が静かになった。

伏見は眠そうにホワイトボードに目を向ける。その横顔は端正で生活感がない。

伏見がこちらを見たので、花琳は咄嗟に顔を伏せた。

「先ほどから視線を感じますが、なにか質問があるのでしょうか」

「……前から聞きたかったんですけど、経済学って、本当に殺人捜査に有効なんでしょうか」

動揺した花琳は反射的に口にする。

伏見は少しだけ目を見開いて驚いた様子だったが、すぐに元に戻る。

「今さらなにを、という質問ですね」

「……少し興味が湧いたので」

「なくても捜査はできます」伏見は単調な声を発する。

「ですが、経済学的視点があれば、合理的な殺人者を関係者の中から絞り込むことができ、効率的に捜査ができるのです。その結果、解決までの時間を短縮することができます」

「その絞り込みが間違っていたら、どうするんですか」

「最初から組み立て直します。経済学の用語に『サンクコスト』というものがあります。埋没費用とも言い、今までに使った時間なりお金なりがもったいないと思い、なかなか身動きが取れなくなるバイアスのことです。犯罪捜査をすれば、証拠はどんどん出てきますので、その都度軌道修正をしなければなりません。僕も一時は、衆議院議員の武藤道仁が犯人かもしれないと思いましたから」

「……そうなんですか」

「はい。ですが、結果はこのようになりました。経済学的に考えて、飯田功の死でもっとも得をするのは、奥西利一だったのです」

ただ、と伏見は口を動かす。

「人間は基本的には合理的ですが、非合理な部分も多く孕(はら)んでいます。現に、欠陥工事をした奥西建設の従業員は非合理的な行動で建築偽装をおこないました。自分の利益ではなく、周囲にいる人の利益のために不正を犯してしまったのです。それに対して、社長である奥西利一は合理的な考えで殺人教唆を実行しています。このように、人間は合理的でもあり、非合理的でもあるのです」

「……非合理」

たしかにそうだと花琳も思った。合理的にできれば人生は楽だろう。しかし、非合理的な部分があるから、人間は人間らしくいられるのかもしれない。

「奥西建設は、建築偽装をしていました。しかし、今まで誰もそのことで声を上げようとはしなかった。もし声を上げていれば、飯田功は殺されずにすんだのかもしれません。行動経済学の実験で証明されていますが、恐怖は伝染するのです。その恐怖によって、人は身動きが取れなくなります。ただ、伝染するのはそれだけではありません――」

花琳は伏見の次の言葉に、はっとさせられる。

満足そうな笑みを浮かべた伏見の視線は、とても優しかった。

エピローグ

花琳は再び、秋葉原の〝ヨロズヤ〟に来ていた。

開け放しの扉を抜け、さまざまな商品が陳列されているショーケースの間を歩く。

平日の昼間。店内に客の姿はない。

前回と同じく、カウンターの前に男が座っている。

「いらっしゃ……またあんたか」

黄鉄林。今は基山友則と名乗っている男は、鬱陶しいと言いたげな視線を向けてくる。

「どうしても、島中建設がやっていた建築偽装の証拠が欲しいんです」

花琳は単刀直入に言う。

「だから、俺はなにも知らない」

とぼけた様子の基山を、花琳は睨みつける。

「あなたは、島中建設と資本提携した大連通路橋集団公司の設計部門の責任者だった」

「……もう俺には関係ないね」

基山は吐き捨てるように言う。

「どうして辞めたんですか」

「……上とそりが合わなかっただけだ」

「それは、無理に欠陥住宅を造らせられたからですよね」

その言葉に、基山の目尻がピクリと震える。

「知らないね」

「いえ、知っているはずよ。台湾で倒壊したマンションを造ったあなたなら」

「関係ない」基山は拒絶するようにきっぱりと言って舌打ちをした。

「それに、知っていても、言う義理はない」

「義理ならあるわ。私は、倒壊したマンションの下敷きになった当事者なの」

その言葉に、基山は表情を強張らせる。

「あの地震で家族を失い、私だけが生き残った」

花琳は歯を噛みしめた。このことを口にするだけで身体が震える。当時の恐怖を思い出すだけで、心臓が締めつけられる。

両足に力を込め、辛うじて姿勢を保った。

基山は肩をすくめ、おどけたような顔をする。しかしそこには余裕がまったく感じられなかった。

「今さら謝罪をしてほしいわけじゃない。でも、どうしても島中建設の悪事を暴きたいの。そのために、建築偽装をしてコストカットをする仕組みが書かれてあるマニュアルが必要なのよ」

「……そんなマニュアルは持っていない」

「いえ、後ろめたいものを抱えているあなたなら、持っているはず」花琳は断言する。

「島中建設から口止め料を貰って、その資金を元手に日本へ渡ったのは知っています」

「……調べたのか」

「公安部を舐めないで」

基山は舌打ちをする。

「それなら、なぜ俺を逮捕しない」

せせら笑う。花琳は目を据えた。

「あなたを逮捕しても無意味だからよ。私はあくまで、島中建設の悪事を暴きたいの」

そう言ってから、息をゆっくりと吐く。

「あなたは、大連通路橋集団公司の設計部門にいて、マニュアルどおりに建築偽装をして建物を建てた。ただ、あなたはそれが尋常ではなく脆い強度しかないことを知っていた。だから、もうマニュアルには従わないと言い、会社を追放された。公安部は、当時の同僚の証言も得ているわ。会社と喧嘩していたということだけで、内容までは把握していないけれど」

「……推測でものを言われても困るんだが」

花琳は捜査で分かった内容を口にする。

花琳は語気を強める。

「設計部門であなたは、一人で立ち向かった。でも結局負けて、敗走した。そして今も、その時のことを悔いている。だからこそ、なにか逆転する手段を持ち続け、一矢報いたいと思っている。そうでしょ？」

「……だから、根拠はあるのか」

基山は苦しそうな声で訊ねる。

「完全なる憶測よ。でも、正義を持っている人間は、そう簡単には諦めない」

一度口をつぐむ。

花琳は、伏見の言葉を思い出していた。

《行動経済学の実験で、面白いものがあります。明らかに長い線と、それよりも間違いなく短い線が書かれた用紙が目の前に提示され、質問者は、どちらが長いかを問います。回答者は、あなたの他に九人。この九人は事前に指示を受けており、明らかに短いほうを長いと答えろと言われているのです。九人が間違った回答をします。あなたは、どうするでしょう。この状況下に置かれた人の約半数が、九人の言葉と同様の回答をしたのです。つまり、他人とは違う回答をすることに恐怖し、自分の主張を曲げたのです。人は弱い生き物です。これは実社会でも当てはまることです。違うことは言ってはいけない。そういった恐怖心は、確実に連鎖し、伝染していくのです》

そう語った伏見は、少しだけ寂しそうな顔をした。

瞬きをした花琳は、大きく息を吸いこむ。

「私は、基山さんを尊敬しています。一人で戦ったんですから。とても大変なことだったと思います。ですから、今回は、私が味方になります。あなたは、人生の汚点を拭いさる必要がある。私は、その手助けをして島中建設の悪事を暴き、死んだ家族の無念を晴らしたいと考えています。どうか、お力をお貸しください」

花琳は頭を下げた。

伏見の言葉には続きがある。

《人は、自分以外の全員がAと主張したら、Aというものが絶対に間違っていると考えている場合でも、自分を押し殺してAと回答してしまいます。ですが、たった一人でも味方がいて、その人がBと回答したなら、ほとんどの人は、自分が正しい答えと思っているBを口にするのです》

伏見は微かな笑みを作る。

伝染するのは、恐怖だけではありません。

勇気も、伝染するのです。

橋本広嗣と星野明美は、飯田功の勇気に同調し、告発の手助けをした。

だから、花琳は基山に真摯(しんし)に向き合い、建築偽装の資料が欲しいと訴えることに決めたのだ。

自分の利益から言っているのではない。
正義のためだ。
勇気を伝染させ、もう一度、基山に立ち上がってもらうつもりだった。

○主な参考文献

『泥のカネ　裏金王・水谷功と権力者の饗宴』森功著（文藝春秋）
『入札関連犯罪の理論と実務』郷原信郎著（東京法令出版）
『さらば、欠陥マンション』岩山健一著（情報センター出版局）
『完全版　月に響く笛　耐震偽装』藤田東吾著（講談社）
『偽装建築国家』岩山健一著（講談社）
『談合文化　日本を支えてきたもの』宮崎学著（祥伝社）
『知事抹殺　つくられた福島県汚職事件』佐藤栄佐久著（平凡社）
『ずる　嘘とごまかしの行動経済学』ダン・アリエリー著（早川書房）
『世界は感情で動く　行動経済学からみる脳のトラップ』マッテオ・モッテルリーニ著（紀伊國屋書店）
『人は勘定より感情で決める』柏木吉基著（技術評論社）

※この他、多くの書籍、インターネットホームページを参考にさせていただきました。
参考文献の主旨と本書の内容は、まったく別のものです。

謝辞

本書の執筆にあたり、一級建築士のＦ・Ｋ氏に監修をいただきました。また、国立埼玉大学大学院博士後期課程の堂本尚司氏、および北川伊敏氏に丁寧なご指摘、多大なご協力を賜りました。ここに、心より感謝の意を表します。内容の誤謬（ごびゅう）に関しての文責は、すべて著者にあります。

二〇一六年八月一日

石川智健

解説

福井健太（書評家）

石川智健は一九八五年神奈川県生まれ。医療系企業に勤めながら小説を投稿し、二〇一一年に『グレイメン』（応募時タイトルは『gray to men』）で第二回ゴールデン・エレファント賞を受賞。翌年に同作で単行本デビュー。ユニークな着想を活かしたミステリで知られる人気作家だ。本書『エウレカの確率　経済学捜査と殺人の効用』はその代表作〈エウレカの確率〉シリーズの第三長篇である。

このシリーズを初めて手に取った方のために、前二作をざっと紹介しておこう。一四年三月に上梓された『エウレカの確率　経済学捜査員　伏見真守』はこんな物語だった。川崎市で三人の女性が殺され、神奈川県警の特捜本部は二人の専門家――科学警察研究所の主任研究員であるプロファイラー・盛崎一臣、オクラホマの大学で〝刑法分野の経済分析〟を研究した行動経済学者・伏見真守を増員した。女性刑事・木下麻耶とコンビを組んだ伏見は、自分の捜査法は約三割を占める「リスクを上回る利益を得た、もしくは得ようとして凶行に及んだ」「合理的な殺人」において有効だと語り、アンカリング効果、集団の意思決定、データの一貫性幻想などの理論をもとに「殺人を犯すことによって最大の利益を得た人間」を割り出していく。風変わりな捜査法が好評を博した著者の出世作だ。

一五年二月刊の『エウレカの確率　経済学捜査員とナッシュ均衡の殺人』は、製薬会社の研究所の食堂に「希少疾病第二部門に所属する人間が、人体実験をしている。早急に止めさせなければ、このことをしかるべき方法で告発する」という文書が貼られたことで幕を開ける。調査を命じられた東京本社の課長・玉木良一は、本社に恨みを持つ研究員たち――森田真一郎、早川涼、三浦陽介に面談するものの、ほどなく三浦が自宅で変死した。警察はアレルギー発作によるショック死と断定するが、警視庁の特別捜査官・伏見が「他殺の可能性があると僕が判断した」と調査を始め、玉木はその監視役を押しつけられる。

第一作は一六年五月、第二作は一六年九月に文庫化された（後者は『エウレカの確率　よくわかる殺人経済学入門』と改題）。一六年九月には第三作『エウレカの確率　経済学捜査員vs.談合捜査』も刊行されている。本書『エウレカの確率　経済学捜査と殺人の効用』は同作を改題・文庫化したものだ。

奥西建設の建設部門に勤める会社員・飯田功が、自宅近くの崖下で死体となって発見された。一度は自殺として処理されるが、疑念を抱いた伏見は人事交流制度で来日したエリート捜査官——中華人民共和国公安部の王花琳とともに捜査を進めていく。その頃、経済事件を扱う捜査二課の刑事・城山邦弘は、公共工事の談合を仕切る〝KGリサーチ〟の代表取締役・金田敦に接触していた。城山は奥西建設の社員・橋本広嗣から情報を得ようとするが、橋本は忽然と姿を消してしまう。いっぽう東京地検特捜部の神津佳正は、KGリサーチから衆議院議員・武藤道仁への贈賄疑惑、奥西建設の裏金疑惑などを探っていた。

そんな前半のストーリーからも解るように、謀殺の可能性を察した伏見と同行者が陰謀に挑むスタイルは前作と同じだが、今回は業界ぐるみの犯罪が扱われている。伏見と王のコンビ、捜査二課、特捜部の目的が絡み合う立体的なプロットは、シリーズで最も大掛かりなものといえるだろう。

行動経済学者という肩書きは堅苦しいが、作中で「人間は基本的には合理的ですが、非合理な部分も多く孕んでいます」と述べているように、伏見は冷酷非情な理論屋ではない。浮き世離れした言動は天然ボケに近く、甘い物好きのパーソナリティはいかにも人間的。『もみ消しはスピーディーに』（文庫版は『第三者隠蔽機関』と改題）で暗躍する隠蔽工作のプロ・近衛怜良、強迫神経症の引き籠もりである『小鳥冬馬の心像』の安楽椅子探偵・小鳥冬馬などに先駆けて、奇抜なアイデアを人物造型に活かした成功例が伏見なのだ。一作ごとに相方を変えて変人ぶりを強調するのは、キャラクターを際立たせるための演出に違いない。

魅力的なキャラクターは他にも挙げられる。プロファイリングの弱点を示して「プロファイリングと経済学の融合」を説く伏見を敵視し、関西弁で憤りながらも協力する盛崎（容姿は「若返ったカーネル・サンダース」）は、味のある脇役として作品世界を支えている。本作には木下も顔を出すが、これは著者の娯楽作家としてのサービス精神ゆえだろう。

著者の執筆ペースは年々上がっており、一九年には過去最多の四冊を手掛けている。『キリングクラブ』は超高級社交クラブのメンバーが次々に殺される頽廃的なサイコスリラー。『20 誤判対策室』は殺人の自白を翻した男が（勾留期間内に）「私の犯罪を証明し、起訴できなければ、あなたの娘を殺害します」と元刑事を脅すサスペンス。『本と踊れば恋をする』は古本のセドリを始めた高校生が贋作師に出逢い、盗まれた贋作本を取り戻すアルバイトに勤しむ連作集。『この色を閉じ込める』は立川署刑事・羽木薫が死者の残した「死んだはずの息子さんの成長記録」を読み、そこに記された村で殺人事件に遭遇する話だった。精力的に作風を広げている点からも、今後の活躍が大いに期待できそうだ。
改めて著作リストを載せておこう。#は〈エウレカの確率〉シリーズ、＊は〈誤判対策室〉シリーズ、†は〈羽木薫〉シリーズである。

『グレイメン』柑出版社（一一）
#『エウレカの確率 経済学捜査員 伏見真守』講談社（一四）↓講談社文庫（一六）
『もみ消しはスピーディーに』講談社（一四）↓『第三者隠蔽機関』講談社文庫（一九）
#『エウレカの確率 経済学捜査員とナッシュ均衡の殺人』講談社（一五）↓『エウレカの確率 よくわかる殺人経済学入門』講談社文庫（一六）
＊『60 tとf(トウルーとフォルス)の境界線』講談社（一五）↓『60(ロクジュウ) 誤判対策室』講談社文庫（一八）
『法廷外弁護士・相楽圭 はじまりはモヒートで』KADOKAWA（一六）↓角川ebook（一七）
#『エウレカの確率 経済学捜査員vs.談合捜査』講談社（一六）↓『エウレカの確率

経済学捜査と殺人の効用』（二〇）　※本書
『小鳥冬馬の心像』光文社（一七）
†『ため息に溺れる』中公文庫（一八）
†『キリングクラブ』幻冬舎（一九）
＊『20 誤判対策室』講談社（一九）
『本と踊れば恋をする』角川文庫（一九）
†『この色を閉じ込める』中公文庫（一九）

本書は二〇一六年九月、小社より刊行された『エウレカの確率　経済学捜査員vs.談合捜査』を文庫化にあたり改題し、加筆・修正しました。

|著者|石川智健　1985年神奈川県生まれ。25歳のときに書いた『グレイメン』で2011年に国際的小説アワードの「ゴールデン・エレファント賞」第2回大賞を受賞。'12年に同作品が日米韓で刊行となり、26歳で作家デビューを果たす。『エウレカの確率　経済学捜査員 伏見真守』は、経済学を絡めた斬新な警察小説として人気を博し、シリーズ最新作『エウレカの確率　経済学捜査員VS.談合捜査』(本書に改題)も好評を得る。また'18年に『60(ロクジユウ)　誤判対策室』がドラマ化され、続く作品として『20(ニジユウ)　誤判対策室』を執筆。その他の著書に『小鳥冬馬の心像』『法廷外弁護士・相楽圭　はじまりはモヒートで』『ため息に溺れる』『キリングクラブ』『本と踊れば恋をする』『この色を閉じ込める』など。現在は医療系企業に勤めながら、執筆活動に励む。

エウレカの確率(かくりつ)　経済学捜査(けいざいがくそうさ)と殺人(さつじん)の効用(こうよう)

石川智健(いしかわともたけ)

定価はカバーに
表示してあります

2020年2月14日第1刷発行

発行者——渡瀬昌彦
発行所——株式会社　講談社
東京都文京区音羽2-12-21　〒112-8001
電話　出版 (03) 5395-3510
　　　販売 (03) 5395-5817
　　　業務 (03) 5395-3615

デザイン—菊地信義
本文データ制作—講談社デジタル製作
印刷———豊国印刷株式会社
製本———株式会社国宝社

Printed in Japan

落丁本・乱丁本は購入書店名を明記のうえ、小社業務あてにお送りください。送料は小社負担にてお取替えします。なお、この本の内容についてのお問い合わせは講談社文庫あてにお願いいたします。

ISBN978-4-06-518652-7

講談社文庫刊行の辞

二十一世紀の到来を目睫に望みながら、われわれはいま、人類史上かつて例を見ない巨大な転換期をむかえようとしている。

世界も、日本も、激動の予兆に対する期待とおののきを内に蔵して、未知の時代に歩み入ろうとしている。このときにあたり、創業の人野間清治の「ナショナル・エデュケイター」への志を現代に甦らせようと意図して、われわれはここに古今の文芸作品はいうまでもなく、ひろく人文・社会・自然の諸科学から東西の名著を網羅する、新しい綜合文庫の発刊を決意した。

激動の転換期はまた断絶の時代である。われわれは戦後二十五年間の出版文化のありかたへの深い反省をこめて、この断絶の時代にあえて人間的な持続を求めようとする。いたずらに浮薄な商業主義のあだ花を追い求めることなく、長期にわたって良書に生命をあたえようとつとめるところにしか、今後の出版文化の真の繁栄はあり得ないと信じるからである。

同時にわれわれはこの綜合文庫の刊行を通じて、人文・社会・自然の諸科学が、結局人間の学にほかならないことを立証しようと願っている。かつて知識とは、「汝自身を知る」ことにつきていた。現代社会の瑣末な情報の氾濫のなかから、力強い知識の源泉を掘り起し、技術文明のただなかに、生きた人間の姿を復活させること。それこそわれわれの切なる希求である。

われわれは権威に盲従せず、俗流に媚びることなく、渾然一体となって日本の「草の根」をかたちづくる若く新しい世代の人々に、心をこめてこの新しい綜合文庫をおくり届けたい。それは知識の泉であるとともに感受性のふるさとであり、もっとも有機的に組織され、社会に開かれた万人のための大学をめざしている。大方の支援と協力を衷心より切望してやまない。

一九七一年七月

野間省一

講談社文芸文庫 

庄野潤三
庭の山の木

解説=中島京子　年譜=助川徳是

家庭でのできごと、世相への思い、愛する文学作品、敬慕する作家たち——著者のやわらかな視点、ゆるぎない文学観が浮かび上がる、充実期に書かれた随筆集。

しA15
978-4-06-518659-6

庄野潤三
明夫と良二

解説=上坪裕介　年譜=助川徳是

何気ない一瞬に焼き付けられた、はかなく移ろいゆく幸福なひととき。人生の喜びとあわれを透徹したまなざしでとらえた、名作『絵合せ』と対をなす家族小説の傑作。

しA14
978-4-06-514722-1

講談社文庫　目録